馬上聽！ ▶ **馬上唸！** ▶ **馬上寫！**

自學日語

50音

國家圖書館出版品預行編目資料

馬上聽！馬上唸！馬上寫！自學日語50音
/ 雅典日研所企編 -- 初版. -- 新北市：雅典文化,
民111.12　面；　公分. -- (全民學日語；70)
ISBN 978-626-96423-1-1(平裝)

1.CST: 日語 2.CST: 語音 3.CST: 假名
803.1134　　　　　　　　　　　111012110

全民學日語系列 70

馬上聽！馬上唸！馬上寫！自學日語50音

企編／雅典日研所
責任編輯／許惠萍
內文排版／鄭孝儀
封面設計／林鈺恆

掃描填回函
好書隨時抽

法律顧問：方圓法律事務所／涂成樞律師

總經銷：永續圖書有限公司
永續圖書線上購物網
www.foreverbooks.com.tw

出版日／2022年12月

雅典文化

出版社

22103　新北市汐止區大同路三段194號9樓之1
TEL　（02）8647-3663
FAX　（02）8647-3660

50音基本發音表

清音

 MP3 002

a ㄚ	i 一	u ㄨ	e ㄝ	o ㄡ
あ ア	い イ	う ウ	え エ	お オ
ka ㄎㄚ	ki ㄎ一	ku ㄎㄨ	ke ㄎㄝ	ko ㄎㄡ
か カ	き キ	く ク	け ケ	こ コ
sa ㄥㄚ	shi 丁	su ㄙ	se ㄙㄝ	so ㄙㄡ
さ サ	し シ	す ス	せ セ	そ ソ
ta ㄊㄚ	chi ㄑ一	tsu ㄘ	te ㄊㄝ	to ㄊㄡ
た タ	ち チ	つ ツ	て テ	と ト
na ㄋㄚ	ni ㄋ一	nu ㄋㄨ	ne ㄋㄝ	no ㄋㄡ
な ナ	に ニ	ぬ ヌ	ね ネ	の ノ
ha ㄏㄚ	hi ㄏ一	fu ㄈㄨ	he ㄏㄝ	ho ㄏㄡ
は ハ	ひ ヒ	ふ フ	へ ヘ	ほ ホ
ma ㄇㄚ	mi ㄇ一	mu ㄇㄨ	me ㄇㄝ	mo ㄇㄡ
ま マ	み ミ	む ム	め メ	も モ
ya 一ㄚ		yu 一ㄩ		yo 一ㄡ
や ヤ		ゆ ユ		よ ヨ
ra ㄌㄚ	ri ㄌ一	ru ㄌㄨ	re ㄌㄝ	ro ㄌㄡ
ら ラ	り リ	る ル	れ レ	ろ ロ
wa ㄨㄚ		o ㄡ		n ㄣ
わ ワ		を ヲ		ん ン

濁音

 MP3 003

ga ㄍㄚ	gi ㄍ一	gu ㄍㄨ	ge ㄍㄝ	go ㄍㄡ
が ガ	ぎ ギ	ぐ グ	げ ゲ	ご ゴ
za ㄗㄚ	ji ㄐ一	zu ㄗ	ze ㄗㄝ	zo ㄗㄡ
ざ ザ	じ ジ	ず ズ	ぜ ゼ	ぞ ゾ
da ㄉㄚ	ji ㄐ一	zu ㄗ	de ㄉㄝ	do ㄉㄡ
だ ダ	ぢ ヂ	づ ヅ	で デ	ど ド
ba ㄅㄚ	bi ㄅ一	bu ㄅㄨ	be ㄅㄝ	bo ㄅㄡ
ば バ	び ビ	ぶ ブ	べ ベ	ぼ ボ
pa ㄆㄚ	pi ㄆ一	pu ㄆㄨ	pe ㄆㄝ	po ㄆㄡ
ぱ パ	ぴ ピ	ぷ プ	ぺ ペ	ぽ ポ

拗音

MP3 004

kya ㄎㄧㄚ	kyu ㄎㄧㄩ	kyo ㄎㄧㄡ
きゃ キャ	きゅ キュ	きょ キョ
sha ㄒㄧㄚ	shu ㄒㄧㄩ	sho ㄒㄧㄡ
しゃ シャ	しゅ シュ	しょ ショ
cha ㄑㄧㄚ	chu ㄑㄧㄩ	cho ㄑㄧㄡ
ちゃ チャ	ちゅ チュ	ちょ チョ
nya ㄋㄧㄚ	nyu ㄋㄧㄩ	nyo ㄋㄧㄡ
にゃ ニャ	にゅ ニュ	にょ ニョ
hya ㄏㄧㄚ	hyu ㄏㄧㄩ	hyo ㄏㄧㄡ
ひゃ ヒャ	ひゅ ヒュ	ひょ ヒョ
mya ㄇㄧㄚ	myu ㄇㄧㄩ	myo ㄇㄧㄡ
みゃ ミャ	みゅ ミュ	みょ ミョ
rya ㄌㄧㄚ	ryu ㄌㄧㄩ	ryo ㄌㄧㄡ
りゃ リャ	りゅ リュ	りょ リョ

gya ㄍㄧㄚ	gyu ㄍㄧㄩ	gyo ㄍㄧㄡ
ぎゃ ギャ	ぎゅ ギュ	ぎょ ギョ
jya ㄐㄧㄚ	jyu ㄐㄧㄩ	jyo ㄐㄧㄡ
じゃ ジャ	じゅ ジュ	じょ ジョ
jya ㄐㄧㄚ	jyu ㄐㄧㄩ	jyo ㄐㄧㄡ
ぢゃ ヂャ	ぢゅ ヂュ	ぢょ ヂョ
bya ㄅㄧㄚ	byu ㄅㄧㄩ	byo ㄅㄧㄡ
びゃ ビャ	びゅ ビュ	びょ ビョ
pya ㄆㄧㄚ	pyu ㄆㄧㄩ	pyo ㄆㄧㄡ
ぴゃ ピャ	ぴゅ ピュ	ぴょ ピョ

● | 平假名 | 片假名 |

五十音就像是中文的注音符號或漢語拼音，是想開口説日文最必備的條件。但學會了五十音之後，要如何才可以順利的説出能表達自己意思的句子呢？

　　本書中，在介紹五十音的同時，也列出了相關的單字和句子，讓您可以擁有更充足的單字、會話資料庫。只要將它隨身攜帶，不但可以隨時學習，還能查詢單字、背誦短句。

　　此外，每一個音的最後，都會附上一句「輕鬆記」。用方便記憶、有情境的句子，讓您更輕鬆記起五十音。

第三章　半濁音

第四章　拗音

片假名篇

第五章　清音

第六章　濁音

第七章　半濁音

第八章　拗音

促音、長音篇

平假名篇

清音

あ

羅馬拼音	a	中文注音	ㄚ

字源 源自漢字「安」的草書字體。

實·用·單·字

あなた a.na.ta.	你
あした a.shi.ta.	明天
あかい a.ka.i	紅色的
あたま a.ta.ma	頭／頭腦
あり a.ri.	螞蟻
あめ a.me.	雨
あし a.shi.	腳

應·用·會·話

▶ あなたは学生ですか？
a.na.ta./wa./ga.ku.se.i./de.su.ka.
你是學生嗎？

▶ あしたはいい天気です。
a.shi.ta./wa./i.i.te.n.ki./de.su.
明天是好天氣。

▶ あかい服が好きです。
a.ka.i./fu.ku./ga./su.ki.de.su.
我喜歡紅色的衣服。

▶ あたまがいいです！
a.ta.ma./ga./i.i.de.su.ne.
腦筋很好。/很聰明。

▶ ありがいます。
a.ri./ga./i.ma.su.
有螞蟻。

▶ 雨が降ります。
a.me./ga./fu.ri.ma.su.
下雨。

▶ 足が痛いです。
a.shi./ga./i.ta.i./de.su.
腳痛。

赤いあり。
a.ka.i.a.ri.
紅色的螞蟻。

 track 006

い

| 羅馬拼音 | i | 中文注音 | ㄧ |

字源 源自漢字「以」的草書字體。

實·用·單·字

いくら i.ku.ra.	多少錢
いぬ u.nu.	狗
いい i.i.	好／好的
いいえ i.i.e.	不／不是
いみ i.mi.	意思
いのち i.no.chi.	生命
いたずら i.ta.zu.ra.	惡作劇

應・用・會・話

▶ いくらですか？
i.ku.ra./de.su.ka.
請問多少錢？

▶ 犬はかわいいです。
i.nu./wa./ka.wa.i.i./de.su.
狗很可愛。

▶ いい天気ですね。
i.i./te.n.ki./de.su.ne.
天氣很好。

▶ 家を探します。
i.e./o./sa.ga.shi.ma.su.
找房子。

▶ 意味が分かります。
i.mi./ga./wa.ka.ri.ma.su.
懂意思。

▶ 命を懸けます。
i.no.chi./o./ka.ke.ma.su.
拚命去做。

▶ いたずらしてはいけません。
i.ta.zu.ra./shi.te.wa./i.ke.ma.se.n.
不可以惡作劇。

犬の家。
i.nu.no.i.e.
狗的家。

track 007

う

羅馬拼音	u	中文注音	ㄨ

字源 源自漢字「宇」的草書字體。

實·用·單·字

うみ u.mi.	海
うし u.shi.	牛
うた u.ta.	歌
うそ u.so.	謊話
うしろ u.shi.ro.	後面
うすい u.su.i.	薄的
うわさ u.wa.sa.	傳說／流言

應用會話

▶ 海はひろいです。
u.mi./wa/hi.ro.i./de.su.
海很寬廣。

▶ 牛を飼いたいです。
u.shi./o./ka.i.ta.i./de.su.
想養牛。

▶ 歌を歌います。
u.ta./o./u.ta.i.ma.su.
唱歌。

▶ 嘘をつきます。
u.so./o./tsu.ki.ma.su.
說謊。

▶ 後ろに立ちます。
u.shi.ro./ni./ta.chi.ma.su.
站在後面。

▶ 薄い壁です。
u.su.i./ka.be.de.su.
很薄的牆壁。

▶ うわさを聞きます。
u.wa.sa./o./ki.ki.ma.su.
聽到傳言。

輕鬆記

うわさはうそだ。
u.wa.sa./wa./u.so./da.
傳言是謊話。

track 008

え

| 羅馬拼音 | e | 中文注音 | せ |

字源 源自漢字「衣」的草書字體。

實·用·單·字

え e.	畫
えさ e.sa.	飼料／餌
えき e.ki.	車站
えび e.bi.	蝦子
えらい e.ra.i.	偉大／了不起
えいが e.i.ga.	電影
えんぴつ e.n.pi.tsu.	鉛筆

應用會話

▶ 絵が上手です。
e./ga./jo.u.zu./de.su.
畫很漂亮。

▶ 餌をやります。
e.sa./o./ya.ri.ma.su.
餵食。

▶ 駅へ行きます。
e.ki./e./i.ki.ma.su.
去車站。

▶ えびを食べます。
e.bi./o./ta.be.ma.su.
吃蝦子。

▶ 偉い人です。
e.ra.i./hi.to./de.su.
是偉人。

▶ 映画を見ます。
e.i.ga./o./mi.ma.su.
看電影。

▶ えんぴつを買います。
e.n.pi.tsu./o./ka.i.ma.su.
買鉛筆。

偉い映画。
e.ra.i./e.i.ga.
偉大的電影。

 track 009

お

| 羅馬拼音 | o | 中文注音 | ㄡ |

字源 源自漢字「於」的草書字體。

實·用·單·字

おと o.to.	聲音
おとこ o.to.ko.	男人
おんな o.n.na.	女人
おいしい o.i.shi.i.	好吃
おんがく o.n.ga.ku.	音樂
おはよう o.ha.yo.u.	早安
おもしろい o.mo.shi.ro.i.	有趣

應用會話

▶ 音が大きいです。
o.to./ga./o.o.ki.i./de.su.
聲音很大。

▶ 男が多いです。
o.to.ko./ga./o.o.i./de.su.
男性很多。

▶ 女が少ないです。
o.n.na./ga/su.ku.na.i./de.su.
女性很少。

▶ おいしいです。
o.i.shi.i./de.su.
好吃。

▶ 音楽を聴きます。
o.n.ga.ku./o./ki.ki.ma.su.
聽音樂。

▶ おはようございます。
o.ha.yo.u./go.za.i.ma.su.
早安。

▶ 面白い映画です。
o.mo.shi.ro.i./e.i.ga.de.su.
有趣的電影。

面白い男。
o.mo.shi.ro.i./o.to.ko.
有趣的男性。

track 010

か

羅馬拼音	ka	中文注音	ㄎㄚ

字源 源自漢字「加」的草書字體。

實·用·單·字

かわいい ka.wa.i.i.	可愛
かに ka.ni.	螃蟹
かさ ka.sa.	雨傘
かばん ka.ba.n.	包包
かみ ka.mi.	頭髮
からい ka.ra.i.	辣的
かるい ka.ru.i.	輕的

應·用·會·話

▶ かわいい女の子です。
ka.wa.i.i./o.n.na.no.ko./de.su.
可愛的女生。

▶ かにはおいしいです。
ka.ni./wa.o.i.shi.i./de.su.
螃蟹很好吃。

▶ かさをさします。
ka.sa./o./sa.shi.ma.su.
撐傘。

▶ かばんを買います。
ka.ba.n./o./ka.i.ma.su.
買包包。

▶ 髪を切ります。
ka.mi./o./ki.ri.ma.su.
剪頭髮。

▶ 辛いものが好きです。
ka.ra.i./mo.no./ga./su.ki./de.su.
喜歡吃辣。

▶ 軽い荷物です。
ka.ru.i./ni.mo.tsu./de.su.
輕的行李。

軽いかばん。
ka.ru.i./ka.ba.n.
輕的包包。

 track 011

き

| 羅馬拼音 | ki | 中文注音 | ㄎ一 |

字源 源自漢字「幾」的草書字體。

實·用·單·字

きせつ ki.se.tsu.	季節
きのう ki.no.u.	昨天
きれい ki.re.i.	美麗／乾淨
きかい ki.ka.i.	機器
きけん ki.ke.n.	危險
きたない ki.ta.na.i.	髒／不工整
きもち ki.mo.chi.	心情／狀況

應·用·會·話

▶ 季節が変わります。
ki.se.tsu./ga/ka.wa.ri.ma.su.
季節轉換。

▶ 昨日は寒かったです。
ki.no.u./wa./sa.mu.ka.tta./de.su.
昨天很冷。

▶ きれいな人です。
ki.re.i.na./hi.to./de.su.
漂亮的人。

▶ 機械は重いです。
ki.ka.i./wa./o.mo.i./de.su.
機器很重。

▶ 危険な動作です。
ki.ke.n.na./do.u.sa./de.su.
危險的動作。

▶ 汚い部屋です。
ki.ta.na.i./he.ya./de.su.
很髒的房間。

▶ 気持ちが悪いです。
ki.mo.chi./ga./wa.ru.i./de.su.
感覺很噁心／感覺不好。

輕·鬆·記

危険な機械。
ki.ke.n.na./ki.ka.i.
危險的機器。

 track 012

く

| 羅馬拼音 | ku | 中文注音 | ㄎㄨ |

字源 源自漢字「久」的草書字體。

實·用·單·字

くうこう ku.u.ko.u.	機場
くすり ku.su.ri.	藥
くつ ku.tsu.	鞋子
くに ku.ni.	國家
くもり ku.mo.ri.	陰天
くるま ku.ru.ma.	車子
くろい ku.ro.i.	黑的

應·用·會·話

▶ 空港へ行きます。
　ku.u.ko.u./e./i.ki.ma.su.
　去機場

▶ 薬を飲みます。
　ku.su.ri./o./no.mi.ma.su.
　吃藥。

▶ 靴を履きます。
　ku.tsu./o./ha.ki.ma.su.
　穿鞋。

▶ 国に帰ります。
　ku.ni./ni./ka.e.ri.ma.su.
　回國。

▶ 曇りです。
　ku.mo.ri./de.su.
　陰天。

▶ 車に乗ります。
　ku.ru.ma./ni./no.ri.ma.su.
　搭車。

▶ 黒い服です。
　ku.ro.i./fu.ku.de.su.
　黑色的衣服。

輕·鬆·記

黒い車。
ku.ro.i./ku.ru.ma.
黑色的車。

track 013

け

| 羅馬拼音 | ke | 中文注音 | ㄎㄝ |

字源 源自漢字「計」的草書字體。

實·用·單·字

けさ ke.sa.	今天早上
けいけん ke.i.ke.n.	經驗
けいたい ke.i.ta.i.	手機
けしき ke.shi.ki.	風景
けいかん ke.i.ka.n.	警官
けんこう ke.n.ko.u.	健康
けち ke.chi.	小氣

應·用·會·話

▶ 今朝は雨でした。
ke.sa./wa./a.me./de.shi.ta.
今天早上下雨。

▶ 経験が少ないです。
ke.i.ke.n./ga./su.ku.na.i./de.su.
經驗很少。

▶ 携帯を忘れました。
ke.i.ta.i./o./wa.su.re.ma.shi.ta.
忘了帶手機。

▶ 景色がきれいです。
ke.shi.ki./ga./ki.re.i./de.su.
風景很美。

▶ 警官が来ます。
ke.i.ka.n./ga./ki.ma.su.
警官要來。

▶ 健康は重要です。
ke.n.ko.u./wa./ju.u.yo.u./de.su.
健康很重要。

▶ けちな人です。
ke.chi.na./hi.to./de.su.
小氣的人。

輕·鬆·記

健康な警官。
ke.n.ko.u.na./ke.i.ka.n.
健康的警官。

track 014

こ	
羅馬拼音 **ko**	中文注音 ㄎㄡ

字源 源自漢字「己」的草書字體。

實·用·單·字

こい ko.i.	戀愛
こうえん ko.u.e.n.	公園
こたえ ko.ta.e.	答案
こちら ko.chi.ra.	這裡（較禮貌的講法） ／這位
こまかい ko.ma.ka.i.	細微的
これから ko.re.ka.ra.	從現在起／今後
こころ ko.ko.ro.	心／感覺

應用會話

▶ 恋に落ちます。
ko.i./ni./o.chi.ma.su.
戀愛。

▶ 公園を散歩します。
ko.u.e.n./o./sa.n.po./shi.ma.su.
在公園散步。

▶ 答えが分かりません。
ko.ta.e./ga./wa.ka.ri.ma.se.n.
不知道答案。

▶ こちらへどうぞ。
ko.chi.ra./e./do.u.zo.
請往這邊來。

▶ 細かいものです。
ko.ma.ka.i./mo.no./de.su.
細微的事情。

▶ これからもよろしく。
ko.re.ka.ra./mo./yo.ro.shi.ku.
今後也請多指教。

▶ 心が折れます。
ko.ko.ro./ga./o.re.ma.su.
傷心／心情受影響。

細かい心。
ko.ma.ka.i./ko.ko.ro.
細密的心思。

 track 015

さ

| 羅馬拼音 | sa | 中文注音 | ㄙㄚ |

字源 源自漢字「左」的草書字體。

實·用·單·字

さかな sa.ka.na.	魚
さくら sa.ku.ra.	櫻／櫻花
さけ sa.ke.	酒
さむい sa.mu.i.	冷
さいきん sa.i.ki.n.	最近
さる sa.ru.	猴子
さいふ sa.i.fu.	錢包／皮夾

應·用·會·話

▶ 魚が好きです。
sa.ka.na./ga./su.ki.de.su.
喜歡魚／喜歡吃魚。

▶ 桜が咲きます。
sa.ku.ra./ga./sa.ki.ma.su.
櫻花將開。

▶ 酒を飲みます。
sa.ke./o./no.mi.ma.su.
喝酒。

▶ 寒いです。
sa.mu.i./de.su.
很冷。

▶ 最近どうですか？
sa.i.ki.n./do.u.de.su.ka.
最近過得如何？

▶ さるはかわいいです。
sa.ru./wa./ka.wa.i.i./de.su.
猴子很可愛。

▶ 財布を落としました。
sa.i.fu./o./o.to.shi.ma.shi.ta.
錢包掉了。

輕·鬆·記

財布が寒い。
sa.i.fu.u./ga./sa.mu.i.
阮囊羞澀。

 track 016

し

| 羅馬拼音 | **shi** | 中文注音 | ㄒ |

字源 源自漢字「之」的草書字體。

實·用·單·字

しけん shi.ke.n.	考試
した shi.ta.	下面
しつもん shi.tsu.mo.n.	問質
しつれい shi.tsu.re.i.	抱歉
しんせつ shi.n.se.tsu.	親切
しお shi.o.	鹽
しま shi.ma.	島

應·用·會·話

▶ 試験を受けます。
shi.ke.n./o./u.ke.ma.su.
應考。

▶ 下にあります。
shi.ta./ni./a.ri.ma.su.
在下面。

▶ 質問があります。
shi.tsu.mo.n./ga./a.ri.ma.su.
有問題。

▶ 失礼いたします。
shi.tsu.re.i./i.ta.shi.ma.su.
不好意思／先告辭。

▶ 親切なおばさんです。
shi.n.se.tsu.na./o.ba.sa.n./de.su.
親切的大嬸。

▶ 塩を入れます。
shi.o./o./i.re.ma.su.
加鹽。

▶ 島へ行きます。
shi.ma./e./i.ki.ma.su.
去島上。

輕·鬆·記

塩の島。
shi.o./no./shi.ma.
鹽做成的島。

track 017

す

| 羅馬拼音 | su | 中文注音 | ㄙ |

字源 源自漢字「寸」的草書字體。

實·用·單·字

すき su.ki.	喜歡
すくない su.ku.na.i.	少
すこし su.ko.shi.	一點點
すし su.shi.	壽司
すみません su.mi.ma.se.n.	對不起／不好意思
すもう su.mo.u.	相撲
すいえい su.i.e.i.	游泳

應用會話

▶ 好きなものです。
su.ki.na./mo.no./de.su.
喜歡的東西。

▶ 少ないです。
su.ku.na.i./de.su.
很少。

▶ 少し眠いです。
su.ko.shi./ne.mu.i./de.su.
有點想睡。

▶ すしを食べます。
su.shi./o./ta.be.ma.su.
吃壽司。

▶ すみませんでした。
su.mi.ma.se.n.de.shi.ta.
很抱歉。

▶ 相撲を見ます。
su.mo.u./o./mi.ma.su.
去看相撲。

▶ 水泳が好きです。
su.i.e.i./ga./su.ki.de.su.
喜歡游泳。

好きなすし。
su.ki.na./su.shi.
喜歡的壽司。

track 018

せ

| 羅馬拼音 | se | 中文注音 | ㄙㄝ |

字源 源自漢字「世」的草書字體。

實·用·單·字

せいかつ se.i.ka.tsu.	生活
せいかい se.i.ka.i.	正確答案
せまい se.ma.i.	很小／很窄
せんせい se.n.se.i.	老師
せつめい se.tsu.me.i.	說明
せいせき se.i.se.ki.	成績
せんたく se.n.ta.ku.	洗衣服

應·用·會·話

▶ 生活は苦しいです。
se.i.ka.tsu./wa./ku.ru.shi.i./de.su.
生活很辛苦

▶ 正解はなんですか？
se.i.ka.i./wa./na.n./de.su.ka.
正確答案是什麼？

▶ 狭い部屋です。
se.ma.i./he.ya./de.su.
很小的房間。

▶ 先生はいません。
se.n.se.i./wa./i.ma.se.n.
老師不在。

▶ 説明します。
se.tsu.me.i./shi.ma.su.
說明。

▶ 成績がいいです。
se.i.se.ki./ga./i.i.de.su.
成績很好。

▶ 洗濯が嫌いです。
se.n.ta.ku./ga./ki.ra.i./de.su.
不喜歡洗衣服。

輕·鬆·記

先生が説明する。
se.n.se.i./ga./se.tsu.me.i.su.ru.
老師來說明。

 track 019

そ

羅馬拼音	so	中文注音	ㄙㄡ

字源 源自漢字「曾」的草書字體。

實·用·單·字

そこ so.ko.	那邊
そと so.to.	外面
そうたい so.u.ta.i.	早退
そふ so.fu.	祖父
そうおん so.u.o.n.	噪音
そうさ so.u.sa.	操作
そら so.ra.	天空

應·用 會 話

▶ そこにあります。
so.ko./ni./a.ri.ma.su.
在那邊。

▶ 外へ出ます。
so.to./e./de.ma.su.
出去外面。

▶ 早退します。
so.u.ta.i./shi.ma.su.
提早退席。

▶ 祖父が来ます。
so.fu./ga./ki.ma.su.
祖父要來。

▶ 騒音が嫌いです。
so.u.o.n./ga./ki.ra.i./de.su.
討厭噪音。

▶ 操作できます。
so.u.sa./de.ki.ma.su.
會操作。

▶ 空はあおいです。
so.ra./wa./a.o.i.de.su.
天空是藍的。

操作の騒音。
so.u.sa./no./so.u.o.n.
操作的噪音。

 track 020

た

| 羅馬拼音 | ta | 中文注音 | ㄊㄚ |

字源 源自漢字「太」的草書字體。

實·用·單·字

| たいへん | 很糟/太不幸了/ |
| ta.i.he.n. | 很嚴重 |

| たかい | 貴/高 |
| ta.ka.i. | |

| たくさん | 很多 |
| ta.ku.sa.n. | |

| たな | 櫃子 |
| ta.na. | |

| たのしい | 高興 |
| ta.no.shi.i. | |

| たいせつ | 珍貴的 |
| ta.i.se.tsu. | |

| たてもの | 建築物 |
| ta.te.mo.no. | |

應用會話

▶ 大変です。
ta.i.he.n./de.su.
不好了／真不幸。

▶ 高い本です。
ta.ka.i./ho.n./de.su.
很貴的書。

▶ たくさん食べます。
ta.ku.sa.n./ta.be.ma.su.
吃很多。

▶ 棚を作ります。
ta.na./o./tsu.ku.ri.ma.su.
做櫃子。

▶ 楽しいです。
ta.no.shi.i./de.su.
很高興。

▶ 大切な人です。
ta.i.se.tsu.na./hi.to.de.su.
重要的人。

▶ 建物を建てます。
ta.te.mo.no./o./ta.te.ma.su.
建造建築物。

高い建物。
ta.ka.i./ta.te.mo.no.
很高的建築物。

track 021

ち

| 羅馬拼音 | chi | 中文注音 | ㄑㄧ |

字源 源自漢字「知」的草書字體。

實·用·單·字

ちいさい chi.i.sa.i.	小的
ちかい chi.ka.i.	很近
ちかてつ chi.ka.te.tsu.	地下鐵
ちかく chi.ka.ku.	附近
ちこく chi.ko.ku.	遲到
ちから chi.ka.ra.	力量
ちえ chi.e.	智慧

應·用·會·話

▶ 小さい公園です。
chi.i.sa.i./ko.u.e.n./de.su.
小公園。

▶ 近いです。
chi.ka.i./de.su.
很近。

▶ 地下鉄で行きます。
chi.ka.te.tsu./de./i.ki.ma.su.
坐地鐵去。

▶ 近くにあります。
chi.ka.ku./ni./a.ri.ma.su.
在附近有。

▶ 遅刻します。
chi.ko.ku./shi.ma.su.
遲到。

▶ 力が入ります。
chi.ka.ra./ga./ha.i.ri.ma.su.
用力。

▶ 知恵を貸してください。
chi.e./o./ka.shi.te./ku.da.sa.i.
請幫我想辦法。

輕·鬆·記

小さい力。
chi.i.sa.i./chi.ka.ra.
小小的力量。

 track 022

つ

| 羅馬拼音 | tsu | 中文注音 | ち |

字源 源自漢字「川」的草書字體。

實·用·單·字

つくえ tsu.ku.e.	桌子
つめたい tsu.me.ta.i.	冷的
つり tsu.ri.	釣魚
つまみ tsu.ma.mi.	小菜
つよい tsu.yo.i.	強的／堅強的
つまらない tsu.ma.ra.na.i.	無聊
つき tsu.ki.	月亮

應·用·會話

▶ 机を買います。
tsu.ku.e./o./ka.i.ma.su.
買桌子。

▶ 冷たい飲み物です。
tsu.me.ta.i./no.mi.mo.no./de.su.
是冷飲。

▶ 釣りに行きます。
tsu.ri./ni./i.ki.ma.su.
去釣魚。

▶ おつまみを食べます。
o.tsu.ma.mi./o./ta.be.ma.su.
吃下酒小菜。

▶ 強いチームです。
tsu.yo.i./chi.i.mu./de.su.
很強的隊伍。

▶ つまらない番組です。
tsu.ma.ra.na.i./ba.n.gu.mi./de.su.
無聊的節目。

▶ 月が満ちます。
tsu.ki./ga./mi.chi.ma.su.
滿月。

輕鬆記

釣りはつまらない。
tsu.ri./wa./tsu.ma.ra.na.i.
釣魚很無聊。

track 023

て

羅馬拼音	te	中文注音	ㄊㄝ

字源 源自漢字「天」的草書字體。

實·用·單·字

てんき te.n.ki.	天氣
てら te.ra.	寺廟
てんきん te.n.ki.n.	調職到外地
ていねい te.i.ne.i.	有禮貌
てきとう te.ki.to.u.	適當的／隨便的
てんいん te.n.i.n.	店員
てんらんかい te.n.ra.n.ka.i.	展覽會

應·用·會·話

▶ 天気はいいです。
te.n.ki./wa./i.i./de.su.
天氣很好。

▶ 寺へ行きます。
te.ra./e./i.ki.ma.su.
去廟裡。

▶ 転勤します。
te.n.ki.n./shi.ma.su.
調職。

▶ 丁寧な人です。
te.i.ne.i.na./hi.to./de.su.
有禮貌的人。

▶ 適当にします。
te.ki.to.u./ni./shi.ma.su.
隨便做。

▶ 店員が多いです。
te.n.i.n./ga./o.o.i./de.su.
店員很多。

▶ 展覧会に行きます。
te.n.ra.n.ka.i./ni./i.ki.ma.su.
去看展覽。

丁寧な店員。
te.i.ne.i.na./te.n.i.n.
有禮貌的店員。

 track 024

と

羅馬拼音	to	中文注音	ㄊㄡ

字源 源自漢字「止」的草書字體。

實·用·單·字

とおい to.o.i.	遠
とけい to.ke.i.	時鐘
とても to.te.mo.	非常
となり to.na.ri.	旁邊
とち to.chi.	土地
とり to.ri.	鳥／雞
とし to.shi.	年／年紀

應·用·會·話

- 遠いところです。
  to.o.i./to.ko.ro./de.su.
  很遠的地方。

- 時計を買います。
  to.ke.i./o./ka.i.ma.su.
  買時鐘。

- とてもきれいです。
  to.te.mo./ki.re.i./de.su.
  非常漂亮。

- 隣の人です。
  to.na.ri./no./hi.to./de.su.
  旁邊的人／住隔壁的人。

- 土地を買います。
  to.chi./o./ka.i.ma.su.
  買土地。

- 鳥になりたいです。
  to.ri./ni./na.ri.ta.i./de.su.
  想變成鳥。

- 歳をとります。
  to.shi./o./to.ri.ma.su.
  年紀增長。

とても遠い。
to.te.mo./to.o.i.
非常遠。

平假名篇

1 清音

2 濁音

3 半濁音

4 拗音

track 025

な

| 羅馬拼音 | na | 中文注音 | ㄋㄚ |

字源 源自漢字「奈」的草書字體。

實·用·單·字

なか na.ka.	裡面／中間
なつ na.tsu.	夏天
なまえ na.ma.e.	名字
なみ na.mi.	海浪的
なつかしい na.tsu.ka.shi.i.	懷念
なに na.ni.	什麼
なし na.shi.	梨子

應·用·會·話

▶ 中にあります。
na.ka./ni./a.ri.ma.su.
在裡面。

▶ 夏が好きです。
na.tsu./ga./su.ki./de.su.
喜歡夏天。

▶ 名前を言います。
na.ma.e./o./i.i.ma.su.
說名字。

▶ 波が立ちます。
na.mi./ga./ta.chi.ma.su.
掀起海浪。

▶ 懐かしいです。
na.tsu.ka.shi.i./de.su.
很懷念。

▶ 何を食べますか？
na.ni./o./ta.be.ma.su.ka.
要吃什麼？

▶ 梨を食べたいです。
na.shi./o./ta.be.ta.i./de.su.
想吃梨。

輕·鬆·記

懐かしい夏。
na.tsu.ka.shi.i./na.tsu.
懷念的夏天。

track 026

に

| 羅馬拼音 | ni | 中文注音 | ㄋㄧ |

字源 源自漢字「仁」的草書字體。

實用單字

にく ni.ku.	肉
にもつ ni.mo.tsu.	行李
にわ ni.wa.	庭院
にんげん ni.n.ge.n.	人類
におい ni.o.i.	味道／臭味
にし ni.shi.	西邊
にんき ni.n.ki.	受歡迎的程度

應·用·會·話

▶ 肉を食べます。
ni.ku./o./ta.be.ma.su.
吃肉。

▶ 荷物を持ちます。
ni.mo.tsu./o./mo.chi.ma.su.
拿行李。

▶ 庭が広いです。
ni.wa./ga./hi.ro.i./de.su.
庭院很寬。

▶ 人間は考える動物です。
ni.n.ge.n./wa./ka.n.ga.e.ru./do.u.bu.tsu./de.su.
人類是思考的動物。

▶ 臭いを消します。
ni.o.i./o./ke.shi.ma.su.
除臭。

▶ 西へ行きます。
ni.shi./e./i.ki.ma.su.
向西行。

▶ 人気があります。
ni.n.ki./ga./a.ri.ma.su.
受歡迎。

人間の肉。
ni.n.ge.n./no./ni.ku.
人類的肉。

 track 027

ぬ

羅馬拼音	nu	中文注音	ㄋㄨ

字源 源自漢字「奴」的草書字體。

實用單字

ぬるい nu.ru.i.	溫的／冷掉的
ぬの nu.no.	布
ぬきうち nu.ki.u.chi.	抽樣／臨時
ぬま nu.ma.	沼澤／池塘
ぬるぬる nu.ru.nu.ru.	溼溼的
ぬいぐるみ nu.i.gu.ru.mi.	布偶
ぬくもり nu.ku.mo.ri.	溫暖

應·用·會·話

▶ 温いお茶です。
nu.ru.i./o.cha./de.su.
冷掉的熱茶

▶ 布を織ります。
nu.no./o./o.ri.ma.su.
織布。

▶ 抜き打ち試験です。
nu.ki.u.chi./shi.ke.n./de.su.
隨堂考。

▶ 沼で釣りをします。
nu.ma./de./tsu.ri./o./shi.ma.su.
在小池溏釣魚。

▶ ぬるぬるです。
nu.ru.nu.ru./de.su.
溼溼的。

▶ ぬいぐるみが好きです。
nu.i.gu.ru.mi./ga./su.ki./de.su.
喜歡布偶。

▶ ぬくもりが残っています。
nu.ku.mo.ri./ga./no.ko.tte./i.ma.su.
殘留著溫度。

輕·鬆·記

布のぬくもり。
nu.no./no./nu.ku.mo.ri.
布的餘溫。

track 028

ね

羅馬拼音	ne	中文注音	ㄋㄝ

字源 源自漢字「祢」的草書字體。

實用單字

ねこ ne.ko.	貓
ねつ ne.tsu.	熱／發燒
ねん ne.n.	年
ねむい nu.mu.i.	想睡
ねんれい ne.n.re.i.	年齡
ねっしん ne.sshi.n.	熱心
ねだん ne.da.n.	價格

應·用·會·話

▶ 猫が鳴きます。
ne.ko./ga./na.ki.ma.su.
貓叫。

▶ 熱が出ます。
ne.tsu./ga./de.ma.su.
發燒。

▶ 年に一度です。
ne.n./ni./i.chi.do./de.su.
一年一次。

▶ 眠いです。
ne.mu.i./de.su.
想睡。

▶ 年齢を聞きます。
ne.n.re.i./o./ki.ki.ma.su.
問年紀。

▶ 熱心な人です。
ne.sshi.n.na./hi.to./de.su.
熱心的人。

▶ 値段が高いです。
ne.da.n./ga./ta.ka.i./de.su.
價格很高。

輕·鬆·記

猫が眠い。
ne.ko./ga./ne.mu.i.
貓想睡。

 track 029

の

| 羅馬拼音 | no | 中文注音 | ㄋㄨ |

字源 源自漢字「乃」的草書字體。

實·用·單·字

のんき no.n.ki.	悠哉
のり no.ri.	海苔
のみもの no.mi.mo.no.	飲料
のう no.u.	腦
のうか no.u.ka.	農家
のはら no.ha.ra.	原野
のど no.do.	喉嚨

應·用·會·話

► のんきな人です。
no.n.ki.na./hi.to./de.su.
悠哉的人。

► のりを食べます。
no.ri./o./ta.be.ma.su.
吃海苔。

► 飲み物を買います。
no.mi.mo.no./o./ka.i.ma.su.
買飲料。

► 脳を研究します。
no.u./o./ke.n.kyu.u./shi.ma.su.
研究腦。

► 農家に育ちます。
no.u.ka./ni./so.da.chi./ma.su.
在農家長大。

► 野原で遊びます。
no.ha.ra./de./a.so.bi.ma.su.
在原野玩。

► のどが渇きます。
no.do./ga./ka.wa.ki.ma.su.
渴了。

繞·口·記

のんきな農家。
no.n.ki.na./no.u.ka.
悠閒的農家。

は

| 羅馬拼音 | ha | 中文注音 | ㄏㄚ |

字源 源自漢字「波」的草書字體。當「は」出現在句子中當作助詞時，讀作「wa」。

實·用·單·字

はと ha.to.	鴿子
はこ ha.ko.	箱子
はさみ ha.sa.mi.	剪刀
はし ha.shi.	筷子
はな ha.na.	花
はる ha.ru.	春天
はやい ha.ya.i.	很早／很快

應·用·會話

▶ はとが飛びます。
ha.to./ga./to.bi.ma.su.
鴿子飛。

▶ 箱の中におきます。
ha.ko./no./na.ka./ni./o.ki.ma.su.
放在箱子裡。

▶ はさみを使います。
ha.sa.mi./o./tsu.ka.i.ma.su.
用剪刀。

▶ 箸で食べます。
ha.shi./de./ta.be.ma.su.
用筷子吃。

▶ 花を買います。
ha.na./o./ka.i.ma.su.
買花。

▶ 春が来ます。
ha.ru./ga./ki.ma.su.
春天來了。

▶ 早いです。
ha.ya.i./de.su.
很早。

春の花。
ha.ru./no./ha.na.
春天的花。

track 031

| 羅馬拼音 | hi | 中文注音 | ㄏ一 |

字源 源自漢字「比」的草書字體。

實用・單字

ひくい hi.ku.i.	低的
ひこうき hi.ko.u.ki.	飛機
ひと hi.to.	人
ひま hi.ma.	有空
ひる hi.ru.	白天／中午
ひろい hi.ro.i.	寬的
ひかり hi.ka.ri.	光芒

應用會話

▶ 低い山です。
hi.ku.i./ya.ma./de.su.
很低的山。

▶ 飛行機で行きます。
hi.ko.u.ki./de./i.ki.ma.su.
坐飛機去。

▶ 人が多いです。
hi.to./ga./o.o.i./de.su.
人很多。

▶ 暇です。
hi.ma./de.su.
很閒。

▶ 昼のうちに来ます。
hi.ru./no./u.chi./ni./ki.ma.su.
白天的時候來／中午時候來。

▶ 広い家です。
hi.ro.i./i.e./de.su.
很大的房子。

▶ 光がまぶしいです。
hi.ka.ri./ga./ma.bu.shi.i./de.su.
光芒刺眼。

輕鬆記

暇な昼。
hi.ma./na./hi.ru.
很閒的中午。

track 032

ふ

羅馬拼音	fu	中文注音	ㄈㄨ

字源 源自漢字「不」的草書字體。

實用·單字

ふうとう fu.u.to.u.	信封
ふたり fu.ta.ri.	兩個人
ふつう fu.tsu.u.	平常／普通
ふね fu.ne.	船
ふゆ fu.yu.	冬天
ふるい fu.ru.i.	舊的
ふとん fu.to.n.	棉被

應·用·會·話

▶ 封筒を買います。
  fu.u.to.u./o./ka.i.ma.su.
  買信封。

▶ 二人で行きます。
  fu.ta.ri./de./i.ki.ma.su.
  兩個人一起去。

▶ 普通の学生です。
  fu.tsu.u./no./ga.ku.se.i./de.su.
  平凡的學生。

▶ 船に乗ります。
  fu.ne./ni./no.ri.ma.su.
  坐船。

▶ 冬は寒いです。
  fu.yu./wa./sa.mu.i./de.su.
  冬天很冷。

▶ 古い時計です。
  fu.ru.i./to.ke.i./de.su.
  舊的時鐘。

▶ 布団をたたみます。
  fu.to.n./o./ta.ta.mi.ma.su.
  疊棉被。

輕·鬆·記

古い布団。
fu.ru.i./fu.to.n.
舊棉被。

track 033

へ

| 羅馬拼音 | he | 中文注音 | ㄏㄟ |

字源 源自漢字「部」的草書字體。當「へ」在句子中放在地點、方向後當作助詞用時，念作「e」。

實用單字

へた he.ta.	不拿手／不好的
へや he.ya.	房間
へいわ he.i.wa.	和平
へん he.n.	奇怪
へとへと he.to.he.to.	很累的樣子
へこみ he.ko.mi.	凹下去／心情低落
へそ he.so.	肚臍

應·用·會·話

▶ 下手なうそです。
he.ta.na./u.so./de.su.
很爛的謊話。

▶ 部屋がひろいです。
he.ya./ga./hi.ro.i./de.su.
房間很大。

▶ 平和な世界です。
he.i.wa.na./se.ka.i./de.su.
和平的世界。

▶ 変な人です。
he.n.na./hi.to./de.su.
奇怪的人。

▶ へとへとに疲れました。
he.to.he.to./ni./tsu.ka.re.ma.shi.ta.
很累。

▶ 凹みがあります。
he.ko.mi./ga./a.ri.ma.su.
有凹陷。

▶ へそが汚いです。
he.so./ga./ki.ta.na.i./de.su.
肚臍很髒。

変な部屋。
he.n.na./he.ya.
奇怪的房間。

ほ

| 羅馬拼音 | ho | 中文注音 | ㄏㄡ |

字源 源自漢字「保」的草書字體。

實用·單字

ほし ho.shi.	星星
ほしい ho.shi.i.	想要
ほん ho.n.	書
ほそい ho.so.i.	細的／瘦的
ほんとうに ho.n.to.u.ni.	真的／非常
ほかに ho.ka.ni.	其他
ほけん ho.ke.n.	保險
ほうりつ ho.u.ri.tsu.	法律

應用會話

▶ 星があります。
ho.shi./ga./a.ri.ma.su.
有星星。

▶ 本を買います。
ho.n./o./ka.i.ma.su.
買書。

▶ 細いベルトです。
ho.so.i./be.ru.to./de.su.
細皮帶。

▶ 本当に暑いです。
ho.n.to.u.ni./a.tsu.i./de.su.
真的很熱。

▶ 他にありますか？
ho.ka.ni./a.ri.ma.su.ka.
還有其他的嗎？

▶ 保険会社に行きます。
ho.ke.n.ga.i.sha./ni./i.ki.ma.su.
去保險公司。

▶ 法律が分かります。
ho.u.ri.tsu./ga./wa.ka.ri.ma.su.
懂法律。

本当に細い。
ho.n.to.u.ni./ho.so.i.
真的很瘦／真的很細。

track 035

ま

| 羅馬拼音 | **ma** | 中文注音 | ㄇㄚ |

字源 源自漢字「末」的草書字體。

實用·單字

| まえ
ma.e. | 前面 |

| まるい
ma.ru.i. | 圓的 |

| まわり
ma.wa.ri. | 周圍 |

| まんなか
ma.n.na.ka. | 正中間 |

| また
ma.ta. | 又 |

| まいにち
ma.i.ni.chi. | 每天 |

| まち
ma.chi. | 市鎮 |

▶ 前にあります。
ma.e./ni./a.ri.ma.su.
在前面。

▶ 丸い鏡です。
ma.ru.i./ka.ga.mi./de.su.
圓鏡子。

▶ 周りの人の意見です。
ma.wa.ri./no./hi.to./no./i.ke.n./de.su.
周遭人的意見。

▶ 真ん中に立ちます。
ma.n.na.ka./ni./ta.chi.ma.su.
站在正中間。

▶ また遅刻します。
ma.ta./chi.ko.ku./shi.ma.su.
又遲到。

▶ 毎日運動します。
ma.i.ni.chi./u.n.do.u./shi.ma.su.
每天都運動。

▶ 町がにぎやかです。
ma.chi./ga./ni.gi.ya.ka./de.su.
市鎮很熱鬧。

真ん中の町。
ma.n.na.ka./no./ma.chi.
正中間的市鎮。

 track 036

み

| 羅馬拼音 | mi | 中文注音 | ㄇㄧ |

字源 源自漢字「美」的草書字體。

實用單字

みかん mi.ka.n.	柑橘
みせ mi.se.	店
みっつ mi.ttsu.	三個
みんな mi.n.na.	大家
みち mi.chi.	道路
みみ mi.mi.	耳朵
みず mi.zu.	水
みなみ mi.na.mi.	南方

應·用·會·話

▶ みかんを食べます。
mi.ka.n./o./ta.be.ma.su.
吃柑橘。

▶ これをみっつください。
ko.re./o./mi.ttsu./ku.da.sa.i.
給我三個這個。

▶ みんなの友達です。
mi.n.na./no./to.mo.da.chi./de.su.
大家的朋友。

▶ 道が広いです。
mi.chi./ga./hi.ro.i./de.su.
道路很寬廣。

▶ 耳が痒いです。
mi.mi./ga./ka.yu.i./de.su.
耳朵很癢。

▶ 水を飲みます。
mi.zu./o./no.mi.ma.su.
喝水。

▶ 南へ行きます。
mi.na.mi./e./i.ki.ma.su.
向南行。

南の道。
mi.na.mi./no./mi.chi
南邊的道路。

 track 037

む

| 羅馬拼音 | mu | 中文注音 | ㄇㄨ |

 **字源** 源自漢字「武」的草書字體。

實用·單字

むいか mu.i.ka.	六天／六日
むり mu.ri.	不可能／不行
むかし mu.ka.shi.	以前
むこう mu.ko.u.	那一端／遠處
むすこ mu.su.ko.	兒子
むすめ mu.su.me.	女兒
むら mu.ra.	村子

應·用·會·話·

▶ 六日に行きます。
mu.i.ka./ni./i.ki.ma.su.
六號要去。

▶ 無理にします。
mu.ri./ni./shi.ma.su.
勉強去做。

▶ 昔話です。
mu.ka.shi./ba.na.shi./de.su.
往事／古老的故事。

▶ 向こうにあります。
mu.ko.u./ni./a.ri.ma.su.
在那一邊。

▶ 息子がいます。
mu.su.ko./ga./i.ma.su.
有兒子。

▶ 娘はきれいです。
mu.su.me./wa./ki.re.i./de.su.
女兒很漂亮。

▶ 村が広いです。
mu.ra./ga./hi.ro.i./de.su.
村子很大。

娘と息子。
mu.su.me./to./mu.su.ko.
女兒和兒子。

め

| 羅馬拼音 | me | 中文注音 | ㄇㄝ |

字源 源自漢字「女」的草書字體。

實用・單字

めいし me.i.shi.	名片
め me.	眼睛
めん me.n.	麵
めんたいこ me.n.ta.i.ko.	明太子（醃鱈魚子）
めいれい me.i.re.i.	命令
めうえ me.u.e.	地位比較高的／長輩
めし me.shi.	飯

應用會話

▶ 名刺をもらいます。
me.i.shi./o./mo.ra.i.ma.su.
拿到名片。

▶ 目を閉じます。
me.o./to.ji.ma.su.
閉上眼。

▶ めんをゆでます。
me.n./o./yu.de.ma.su.
煮麵。

▶ 明太子を食べます。
me.n.ta.i.ko./o./ta.be.ma.su.
吃明太子。

▶ 命令します。
me.i.re.i./shi.ma.su.
下命令。

▶ 目上の人です。
me.u.e./no./hi.to.de.su.
比自己地位高的人。

▶ めしにしよう。
me.shi./ni./shi.yo.u.
去吃飯吧。

目上の人の命令。
me.u.e./no./hi.to./no./me.i.re.i.
上層的決定。

track 039

も

| 羅馬拼音 | mo | 中文注音 | ㄇㄡ |

字源 源自漢字「毛」的草書字體。

實·用·單·字

もも mo.mo.	桃子
もの mo.no.	東西
もっと mo.tto.	再／更
もう mo.u.	已經
もくてき mo.ku.te.ki.	目的
もうしこみ mo.u.shi.ko.mi.	申請
もちろん mo.chi.ro.n.	當然

應 用 會 話

▶ 桃を食べます。
mo.mo./o./ta.be.ma.su.
吃桃子。

▶ 物を買います。
mo.no./o./ka.i.ma.su.
買東西。

▶ もっと知りたいです。
mo.tto./shi.ri.ta.i./de.su.
想更進一步知道。

▶ もうできません。
mo.u./de.ki.ma.se.n.
已經辦不到了。

▶ 目的を達成します。
mo.ku.te.ki./o./ta.sse.i./shi.ma.su.
達到目標。

▶ 申し込みの締め切りはいつですか？
mo.u.shi.ko.mi./no./shi.me.ki.ri./wa./i.tsu.de.su.ka.
申請日期到何時？

▶ もちろんできます。
mo.chi.ro.n./de.ki.ma.su.

申し込みの目的。
mo.u.shi.ko.mi./no./mo.ku.te.ki.
申請的目的。

track 040

や

| 羅馬拼音 | ya | 中文注音 | 一ㄚ |

字源 源自漢字「也」的草書字體。

實用‧單字

やちん ya.chi.n.	房租
やくそく ya.ku.so.ku.	約定
やさい ya.sa.i.	蔬菜
やすい ya.su.i.	便宜
やさしい ya.sa.shi.i.	温柔／簡單
やすみ ya.su.mi.	休息／休假
やま ya.ma.	山

應·用·會·話

▶ 家賃が高いです。
ya.chi.n./ga./ta.ka.i./de.su.
房租很貴。

▶ 約束を守ります。
ya.ku.so.ku./o./ma.mo.ri.ma.su.
遵守約定。

▶ 野菜を植えます。
ya.sa.i./o./u.e.ma.su.
種蔬菜。

▶ 安いものです。
ya.su.i./mo.no./de.su.
便宜的東西。

▶ やさしい人です。
ya.sa.shi.i./hi.to./de.su.
溫柔的人。

▶ 休みです。
ya.su.mi./de.su.
休假。

▶ 山に登ります。
ya.ma./ni./no.bo.ri.ma.su.
登山。

安い野菜。
ya.su.i./ya.sa.i.
便宜的蔬菜。

track 041

ゆ

| 羅馬拼音 | yu | 中文注音 | ㄧㄩ |

字源 源自漢字「由」的草書字體。

實用·單字

ゆっくり yu.kku.ri.	慢慢的／悠閒的
ゆうめい yu.u.me.i.	有名的
ゆき yu.ki.	雪
ゆめ yu.me.	夢
ゆ yu.	溫泉／熱水
ゆびわ yu.bi.wa.	戒指
ゆかた yu.ka.ta.	浴衣／夏季和服

應用會話

▶ ゆっくり食べます。
yu.kku.ri./ta.be.ma.su.
慢慢吃。

▶ 有名な人です。
yu.u.me.i.na./hi.to./de.su.
名人。

▶ 雪が降ります。
yu.ki./ga./fu.ri.ma.su.
下雪。

▶ 夢を見ます。
yu.me./o./mi.ma.su.
做夢。

▶ お湯が冷めます。
o.yu./ga./sa.me.ma.su.
熱水冷了。

▶ 指輪をもらいます。
yu.bi.wa./o./mo.ra.i.ma.su.
拿到戒指。

▶ 浴衣を着ます。
yu.ka.ta./o./ki.ma.su.
穿夏季和服。

有名な湯。
yu.u.me.i.na./yu.
有名的溫泉。

平假名篇

1 清音

❷ 濁音

❸ 半濁音

❹ 拗音

087

 track 042

よ

| 羅馬拼音 | yo | 中文注音 | 一ㄡ |

字源 源自漢字「與」的草書字體。

實用·單字

よやく yo.ya.ku.	預約
よかった yo.ka.tta.	太好了／好險
よる yo.ru.	晚上
よてい yo.te.i.	預定
ようす yo.u.su.	樣子
よい yo.i.	好的
よわい yo.wa.i.	弱的

應用會話

▶ 予約します。
yo.ya.ku./shi.ma.su.
預約。

▶ よかった、間に合った。
yo.ka.tta./ma.ni.a.tta.
太好了，趕上了。

▶ よるの一時です。
yo.ru./no./i.chi.ji./de.su.
晚上一點。

▶ 予定があります。
yo.te.i./ga./a.ri.ma.su.
有事。

▶ 様子を見ます。
yo.u.su./o./mi.ma.su.
探聽情況。

▶ よい子です。
yo.i./ko./de.su.
好孩子。

▶ 酒に弱いです。
sa.ke./ni./yo.wa.i./de.su.
不太會喝酒。

夜の様子。
yo.ru./no./yo.u.su.
夜晚的模樣。

track 043

ら

羅馬拼音	ra	中文注音	ㄌㄚ

字源 源自漢字「良」的草書字體。

實用單字

らいねん ra.i.ne.n.	明年
らく ra.ku.	輕鬆
らくせい ra.ku.se.n.	落成
らくたん ra.ku.ta.n.	失望
らくだ ra.ku.da.	駱駝
らくてん ra.ku.te.n.	樂觀的

應用會話

▶ 来年行きます。
ra.i.ne.n./i.ki.ma.su.
明年要去。

▶ 楽になります。
ra.ku./ni./na.ri.ma.su.
變輕鬆。

► 落成します。
ra.ku.se.i./shi.ma.su.
落成。

► 落胆します。
ra.ku.ta.n./shi.ma.su.
失望。

► らくだを飼います。
ra.ku.da.o./ka.i.ma.su.
養駱駝。

► 楽天家です。
ra.ku.te.n.ka./de.su.
樂觀的人。

輕 鬆 記

来年落成する。
ra.i.ne.n./ra.ku.se.i./su.ru.
明年落成。

track 044

り

| 羅馬拼音 | ri | 中文注音 | ㄌ一 |

字 源 源自漢字「利」的草書字體。

實 用 單 字

りよう 　　　　　　　　 利用
ri.yo.u.

りこん ri.ko.n.	離婚
りゆう ri.yu.u.	理由
りきし ri.ki.shi.	相撲選手
りんご ri.n.go.	蘋果
りか ri.ka.	理科
りかい ri.ka.i.	理解

應用會話

▶ 利用します。
ri.yo.u./shi.ma.su.
利用。

▶ 離婚します。
ri.ko.n./shi.ma.su.
離婚。

▶ 理由を言います。
ri.yu.u./o./i.i.ma.su.
說理由。

▶ 力士が登場します。
ri.ki.shi./ga./to.u.jo.u./shi.ma.su.
相撲選手登場

▶ りんごは丸いです。
ri.n.go./wa./ma.ru.i./de.su.
蘋果是圓的。

▶ 理科が苦手です。
ri.ka./ga./ni.ga.te./de.su.
理科不拿手。

▶ 理解できません。
ri.ka.i./de.ki.ma.se.n.
不能理解。

輕鬆記

離婚の理由。
ri.ko.n./no./ni.yu.u.
離婚的理由。

track 045

る

羅馬拼音	**ru**	中文注音	ㄌㄨ

字源 源自漢字「留」的草書字體。

實用單字

るす ru.su.	不在
るいか su.i.ka.	累加
るいく ru.i.ku.	類句
るんるん ru.n.ru.n.	很清爽／神清氣爽

るすばん ru.su.ba.n.	看家
るいせん ru.i.se.n.	涙腺
るり ru.ri.	琉璃

應用會話

▶ 留守中です。
ru.su.chu.u./de.su.
不在。

▶ 累加します。
ru.i.ka./shi.ma.su.
累加。

▶ 類句を読みます。
ru.i.ku./o./yo.mi.ma.su.
讀類似的句子。

▶ るんるんとした気分です。
ru.n.ru.n./to./shi.ta./ku.bu.n./de.su.
神清氣爽。

▶ 留守番をします。
ru.su.ba.n./o./shi.ma.su.
看家。

▶ 涙腺がゆるいです。
ru.i.se.n./ga./yu.ru.i./de.su.
愛哭。

▶ 瑠璃はきれいです。
ru.ri./wa./ki.re.i./de.su.
琉璃很美。

輕鬆記

留守中の留守番電話。
ru.su.chu.u./no./ru.su.ba.n./de.n.wa.
不在家時的語音留言。

track 046

れ

| 羅馬拼音 | re | 中文注音 | ㄌㄝ |

字源 源自漢字「礼」的草書字體。

實用單字

れい	例子
re.i.	
れいぞうこ	冰箱
re.i.zo.u.ko.	
れきし	歷史
re.ki.shi.	
れいぼう	冷氣
re.i.bo.u.	
れんらく	聯絡
re.n.ra.ku.	
れつ	列／隊伍
re.tsu.	
れんこん	蓮藕
re.n.ko.n.	

應用會話

▶ 例を挙げます。
re.i.o./a.ge.ma.su.
舉例。

▶ 冷蔵庫に入れます。
re.i.zo.u.ko./ni./i.re.ma.su.
放到冷箱。

▶ 歴史が好きです。
re.ki.shi./ga./su.ki./de.su.
喜歡歷史。

▶ 冷房をつけます。
re.i.bo.u./o./tsu.ke.ma.su.
開冷氣。

▶ 連絡を取ります。
re.n.ra.ku./o./to.ri.ma.su.
取得聯絡。

▶ 列に並びます。
re.tsu./ni./na.ra.bi.ma.su.
排隊。

▶ れんこんを炒めます。
re.n.ko.n./o./i.ta.me.ma.su.
炒蓮藕。

冷蔵庫の歴史。
re.i.zo.u.ko./no./re.ki.shi.
冰箱的歷史。

ろ

| 羅馬拼音 | **ro** | 中文注音 | ㄌㄡ |

字源 源自漢字「呂」的草書字體。

實用・單字

ろうか ro.u.ka.	走廊
ろく ro.ku.	六
ろんぶん ro.n.bu.n.	論文
ろうそく ro.u.so.ku.	蠟燭
ろしゅつ ro.shu.tsu.	露出
ろせん ro.se.n.	路線
ろてん ro.te.n.	露天

應用・會話

▶ 廊下を歩きます。
ro.u.ka./o./a.ru.ki.ma.su.
在走廊上走。

▶ 六時までに出します。
ro.ku.ji./ma.de.ni./da.shi.ma.su.
六點以前交。

▶ 論文を発表します。
ro.n.bu.n./o./ha.ppyo.u./shi.ma.su.
發表論文。

▶ ろうそくが消えます。
ro.u.so.ku./ga./ki.e.ma.su.
蠟燭熄了。

▶ 露出工事です。
ro.shu.tsu.ko.u.ji./de.su.
室外工程。

▶ 路線図を描きます。
ro.se.n.zu./o./ka.ki.ma.su.
畫路線圖。

▶ 露天風呂に入ります。
ro.te.n.bu.ro./ni./ha.i.ri.ma.su.
泡露天溫泉。

輕鬆記

論文を六時までに出す。
ro.n.bu.n./o./ro.ku.ji./ma.de.ni./da.su.
論文在六點前交。

 track 048

わ

| 羅馬拼音 | wa | 中文注音 | ㄨㄚ |

字源 源自漢字「輪」的草書字體。

實用·單字

わたし wa.ta.shi.	我
わるい wa.ru.i.	不好的
わかい wa.ka.i.	年輕的
わしき wa.shi.ki.	和式
わすれもの wa.su.re.mo.no.	遺失物
わな wa.na.	陷阱
わき wa.ki.	腋下

應用·會話

▶ 私がやります。
wa.ta.shi./ga./ya.ri.ma.su.
我來做。

▶ 悪いやつです。
wa.ru.i./ya.tsu./de.su.
壞人。

▶ 若い人です。
wa.ka.i./hi.to./de.su.
年輕人。

▶ 和式トイレです。
wa.shi.ki./to.i.re./de.su.
和式廁所。

▶ 忘れ物はありませんか？
wa.su.re.mo.no./wa.a.ri.ma.se.n.ka.
有沒有遺失物？

▶ わながあります。
wa.na./ga./a.ri.ma.su.
有陷阱。

▶ わきをくすぐります。
wa.ki./o./ku.su.gu.ri.ma.su.
搔癢。

輕鬆記

私がわるい。
wa.ta.shi./ga./wa.ru.i.
是我不好。

を

羅馬拼音	o	中文注音	ㄡ

字源 源自漢字「遠」的草書字體。通常當助動詞用。

ん

羅馬拼音	n	中文注音	ㄣ

字源 源自漢字「无」的草書字體。通常放在字尾。

2

濁 音

が

| 羅馬拼音 | **ga** | 中文注音 | ㄍㄚ |

字源 源自平假名「か」，再加上濁點記號「ﾞ」。

實用·單字

がいこく ga.i.ko.ku.	外國
がっこう ga.kko.u.	學校
がっかり ga.kka.ri.	失望
がびょう ga.byo.u.	圖釘
がき ga.ki.	小鬼（對小孩子不禮貌的稱呼）
がっき ga.kki.	樂器
がけ ga.ke.	崖

應用會話

▶ 外国へ行きます。
ga.i.ko.ku./e./i.ki.ma.su.
去國外。

▶ 学校から帰ります。
ga.kko.u./ka.ra./ka.e.ri.ma.su.
從學校回來。

▶ がっかりします。
ga.kka.ri./shi.ma.su.
失望。

▶ 画鋲を使います。
ga.byo.u./o./tsu.ka.i.ma.su.
用圖釘。

▶ わがままながきです。
wa.ga.ma.ma.na./ga.ki./de.su.
任性的小鬼。

▶ 楽器を買います。
ga.kki./o./ka.i.ma.su.
買樂器。

▶ がけに立ちます。
ga.ke./ni./ta.chi.ma.su.
站在懸崖邊。

外国の学校。
ga.i.ko.ku./no./ga.kko.u.
外國的學校。

track 050

ぎ

| 羅馬拼音 | gi | 中文注音 | ㄍㄧ |

字源 源自平假名「き」，再加上濁點記號「ﾞ」。

實用·單字

ぎじゅつ gi.ju.tsu.	技術
ぎんこう gi.n.ko.u.	銀行
ぎろん gi.ro.n.	議論
ぎいん gi.i.n.	議員
ぎしぎし gi.shi.gi.shi.	吱嘎的聲響
ぎみ gi.mi.	～的感覺
ぎむ gi.mu.	義務

應·用·會·話

▶ ぎじゅつを磨きます。
gi.ju.tsu./o./mi.ga.ki.ma.su.
磨練技術。

▶ 銀行へ行きます。
gi.n.ko.u./e./i.ki.ma.su.
去銀行。

▶ 議論します。
gi.ro.n./shi.ma.su.
討論。

▶ 議員が来ます。
gi.i.n./ga./ki.ma.su.
議員要來。

▶ 床がぎしぎし鳴ります。
yu.ka./ga./gi.shi.gi.shi./na.ri.ma.su.
地板吱嘎作響。

▶ 風邪気味です。
ka.ze.gi.mi./de.su.
有點感冒的感覺。

▶ 義務を果たします。
gi.mu./o./ha.ta.shi.ma.su.
盡義務。

議員の義務。
gi.i.n./no./gi.mu.
議員的義務。

track 051

ぐ

| 羅馬拼音 | gu | 中文注音 | ㄍㄨ |

字源 源自平假名「く」，再加上濁點記號「ﾞ」。

實用·單字

ぐうぜん gu.u.ze.n.	偶然
ぐあい gu.a.i.	狀態
ぐいっと gu.i.tto.	大口吞下的樣子
ぐう gu.u.	石頭／猜拳時出的石頭
ぐうげん gu.u.ge.n.	寓言
ぐさり gu.sa.ri.	大力刺下的樣子
ぐすぐす gu.su.gu.su.	啜泣

應 用 會 話

► 偶然に会います。
gu.u.ze.n./ni./a.i.ma.su.
偶然遇到。

► 具合が悪いです。
gu.a.i./ga./wa.ru.i./de.su.
狀況不佳／身體不佳。

► ぐいっと飲みます。
gu.i.tto./no.mi.ma.su.
大口喝下。

► ぐうを出します。
gu.u./o./da.shi.ma.su.
猜拳出石頭。

► 寓言を読みます。
gu.u.ge.n./o./yo.mi.ma.su.
讀寓言。

► 刀をぐさりと突き刺さします。
ka.ta.na./o./gu.sa.ri.to./tsu.ki.sa.sa.shi.ma.su.
拿刀用力刺下。

► ぐすぐす泣きます。
gu.su.gu.su./na.ki.ma.su.
啜泣。

> ぐうの寓言。
> gu.u./no./gu.u.ge.n.
> 石頭的寓言。

 track 052

| 羅馬拼音 | ge | 中文注音 | ㄍㄝ |

字源 源自平假名「け」，再加上濁點記號「〃」。

實用·單字

げろ ge.ro.	吐
げつようび ge.tsu.yo.u.bi.	星期一
げんき ge.n.ki.	有精神
げんきん ge.n.ki.n.	現金
げんいん ge.n.i.n.	原因
げつ ge.tsu.	月
げんかん ge.n.ka.n.	玄關

應用會話

▶ げろを吐きます。
ge.ro.o./ha.ki.ma.su.
吐出來。

▶ 月曜日に会議があります。
ge.tsu.yo.u.bi./ni./ka.i.gi./ga./a.ri.ma.su.
星期一要開會。

▶ 元気な子です。
ge.n.ki.na./ko./de.su.
有精神的孩子。

▶ 現金で払います。
ge.n.ki./de./ha.ra.i.ma.su.
付現金。

▶ 原因が分かりません。
ge.n.i.n./ga./wa.ka.ri.ma.se.n.
原因不明。

▶ 来月日本へ行きます。
ra.i.ge.tsu./ni.ho.n./e./i.ki.ma.su.
下個月要去日本。

▶ 玄関で靴を脱ぎます。
ge.n.ka.n./de./ku.tsu.o./nu.gi.ma.su.
在玄關把鞋脱掉。

輕鬆記

玄関でげろを吐く。
ge.n.ka.n./de./ge.ro.o./ha.ku.
在玄關吐。

 track 053

ご

| 羅馬拼音 | go | 中文注音 | ㄍㄡ |

字源 源自平假名「こ」，再加上濁點記號「ˇ」。

實用·單字

ご go.	五
ごご go.go.	下午
ごい go.i.	詞
ごぜん go.ze.n.	上午
ごはん go.ha.n.	飯／餐
ごめん go.me.n.	對不起
ごちそうさま go.chi.so.u.sa.ma.	我吃飽了／謝謝招待

應·用·會·話

▶ 五時に来ます。
go.ji./ni./ki.ma.su.
五點時過來。

▶ 午後は暇です。
go.go./wa./hi.ma.de.su.
下午很閒。

▶ 語彙を暗記します。
go.i./o./a.n.ki./shi.ma.su.
背單字。

▶ 午前三時です。
go.ze.n./sa.n.ji./de.su.
凌晨三點。

▶ ご飯を食べましょう。
go.ha.n./o./ta.be.ma.sho.u.
去吃飯吧

▶ ごめんなさい。
go.me.n.na.sa.i.
對不起。

▶ ご馳走様でした。
go.chi.so.u.sa.ma./de.shi.ta.
謝謝招待／我吃飽了。

午後五時。
go.go.go.ji.
下午五點。

track 054

ざ

羅馬拼音	za	中文注音	ㄗㄚ

字源 源自平假名「さ」，再加上濁點記號「ヽ」。

實用·單字

ざんねん za.n.ne.n.	可惜
ざんぎょう za.n.gyo.u.	加班
ざつ za.tsu.	粗糙／不細心
ざぶとん za.bu.to.n.	坐墊
ざあっと za.a.tto.	大致的／很快的
ざいさん za.i.sa.n.	財產
ざっか za.kka.	雜貨

應·用·會·話

▶ 残念なことです。
za.n.ne.n.na./ko.to.de.su.
可惜的事。

▶ 残業します。
za.n.gyo.u./shi.ma.su.
加班。

▶ 雑な人間です。
za.tsu.na./ni.n.ge.n./de.su.
粗魯的人/粗人。

▶ 座布団を敷きます。
za.bu.to.n./o./shi.ki.ma.su.
鋪坐墊。

▶ ざあっと目を通します。
za.a.tto./me.o./to.o.shi.ma.su.
大致看一遍。

▶ 財産を奪います。
za.i.sa.n./o./u.ba.i.ma.su.
奪取財產。

▶ 雑貨を買います。
za.kka./o./ka.i.ma.su.
買雜貨。

残念な残業。
za.n.ne.n.na./za.n.gyo.u.
令人扼腕的加班。

じ

| 羅馬拼音 | ji | 中文注音 | ㄐㄧ |

字 源 源自平假名「し」，再加上濁點記號「ヾ」。

實 用 單 字

じぶん ji.bu.n.	自己
じしん ji.shi.n.	自信
じかん ji.ka.n.	時間
じつは ji.tsu.wa.	其實／實際上
じゆう ji.yu.u.	自由
じてんしゃ ji.te.n.sha.	腳踏車
じどうしゃ ji.do.u.sha.	車

應·用·會·話

▶ 自分でやります。
ji.bu.n./de./ya.ri.ma.su.
自己做。

▶ 自信があります。
ji.shi.n./ga./a.ri.ma.su.
有自信。

▶ 時間の無駄です。
ji.ka.n./no./mu.da.de.su.
浪費時間。

▶ 実は用事があります。
ji.tsu.wa./yo.u.ji./ga./a.ri.ma.su.
其實有事。

▶ 自由がほしいです。
ji.yu.u./ga./ho.shi.i./de.su.
想要自由。

▶ 自転車に乗ります。
ji.te.n.sha./ni./no.ri.ma.su.
騎車。

▶ 自動車を運転します。
ji.do.u.sha./o./u.n.te.n.shi.ma.su.
開車。

自分の時間。
ji.bu.n./no./ji.ka.n.
自己的時間。

track 056

ず

| 羅馬拼音 | zu | 中文注音 | ㄗ |

字源 源自平假名「す」，再加上濁點記號「〃」。

實用·單字

| ずっと | 一直 |
| zu.tto. | |

| ず | 圖 |
| zu. | |

| ずいぶん | 非常／很多 |
| zu.i.bu.n. | |

| ずうずうしい | 厚臉皮 |
| zu.u.zu.u.shi.i. | |

| ずつう | 頭痛 |
| zu.tsu.u. | |

| ずらずら | 成排的 |
| zu.ra.zu.ra. | |

應用·會話

▶ ずっと一緒にいます。
zu.tto./i.ssho.ni./i.ma.su.
一直在一起。

▶ 図を描きます。
zu./o./ka.ki.ma.su.
畫圖。

▶ ずいぶん歩きました。
zu.i.bu.n./a.ru.ki.ma.shi.ta.
走了很久。

▶ ずうずうしいです。
zu.u.zu.u.shi.i./de.su.
厚臉皮。

▶ 頭痛がします。
zu.tsu.u./ga./shi.ma.su.
頭痛。

▶ 名前がずらずらと並ぶ。
na.ma.e./ga./zu.ra.zu.ra.to./na.ra.bu.
一排名字並列著。

輕鬆記

ずっと頭痛がする。
zu.tto./zu.tsu.u./ga./su.ru.
一直頭痛。

 track 057

| 羅馬拼音 | ze | 中文注音 | ㄗㄝ |

字源 源自平假名「せ」，再加上濁點記號「〃」。

實用·單字

ぜいたく ze.i.ta.ku.	奢華
ぜったいに ze.tta.i.ni.	絕對
ぜひ ze.hi.	務必
ぜんぶ ze.n.bu.	全部
ぜんぜん ze.n.ze.n.	完全／毫不
ぜいきん ze.i.ki.n.	稅金
ぜんりょく ze.n.ryo.ku.	盡全力

應·用·會 話

▶ 贅沢な生活です。
ze.i.ta.ku./na./se.i.ka.tsu./de.su.
奢華的生活。

▶ 絶対に行きません。
ze.tta.i./ni./i.ki.ma.se.n.
一定要去。

▶ 是非うかがいます。
ze.hi./u.ka.ga.i.ma.su.
務必讓我前去拜訪。

▶ 全部やりました。
ze.n.bu./ya.ri.ma.shi.ta.
全部都做了。

▶ 全然分かりません。
ze.n.ze.n./wa.ka.ri.ma.se.n.
完全不懂。

▶ 税金を払います。
ze.n.ki.n./o./ha.ra.i.ma.su.
繳稅。

▶ 全力で戦います。
ze.n.ryo.ku./de./ta.ta.ka.i.ma.su.
盡全力去做。

輕·鬆·記

全力で贅沢する。
ze.n.ryo.ku./de./ze.i.ta.ku.su.ru.
極盡奢華。

ぞ

| 羅馬拼音 | **zo** | 中文注音 | ㄗㄡ |

字源 源自平假名「そ」，再加上濁點記號「〃」。

實用·單字

ぞう zo.u.	大象
ぞっと zo.tto.	毛骨悚然
ぞうきん zo.u.ki.n.	抹布
ぞうさん zo.u.sa.n.	增加生產
ぞんじ zo.n.ji.	知道
ぞんざい zo.n.za.i.	草率
ぞろぞろ zo.ro.zo.ro.	一個跟著一個

【image placed】

應・用・會・話

▶ ぞうは鼻が長いです。
zo.u./wa./ha.na./ga./na.ga.i./de.su.
大象鼻子長。

▶ ぞっとする話です。
zo.tto.su.ru./ha.na.shi./de.su.
令人毛骨悚然的故事。

▶ 雑巾で拭きます。
zo.u.ki.n./de./fu.ki.ma.su.
用抹布擦。

▶ 増産します。
zo.u.sa.n./shi.ma.su.
增加生產。

▶ 存知ます。
zo.n.ji.ma.su.
知道。

▶ ぞんざいなやり方です。
zo.n.za.i.na./ya.ri.ka.ta./de.su.
草率的做法。

▶ 子供がぞろぞろついてきます。
ko.do.mo./ga./zo.ro.zo.ro./tsu.i.te./ki.ma.su.
小孩一個接一個來了。

輕・鬆・記

ぞうの子供。
zo.u./no./ko.do.mo.
大象的小孩。

 track 059

羅馬拼音	da	中文注音	ㄉㄚ

字源 源自平假名「た」，再加上濁點記號「ッ」。

實用·單字

だい da.i.	第
だいがく da.i.ga.ku.	大學
だいたい da.i.ta.i.	大致上
だめ da.me.	不行
だれ da.re.	誰
だんだん da.n.da.n.	漸漸的
だんぼう da.n.bo.u.	暖氣

應用會話

▶ 第一話です。
da.i.i.chi.wa./de.su.
第一集。

▶ 大学を卒業します。
sa.i.ga.ku./o./so.tsu.gyo.u./shi.ma.su.
大學畢業。

▶ だいたい分かります。
da.i.ta.i./wa.ka.ri.ma.su.
大致了解。

▶ だめです。
da.me./de.su.
不行。

▶ だれですか？
da.re./de.su.ka.
是誰？

▶ だんだん暖かくなってきました。
da.n.da.n./a.ta.ta.ka.ku./na.tte./ki.ma.shi.ta.
漸漸變暖了。

▶ 暖房をつけます。
da.n.bo.u./o./tsu.ke.ma.su.
開暖氣。

だめな大学。
da.me.na./da.i.ga.ku.
很糟的大學。

track 060

ぢ

| 羅馬拼音 | ji | 中文注音 | ㄐㄧ |

字源 源自平假名「ち」，再加上濁點記號「ˮ」。現代詞語中幾乎都被「じ」所取代。通常在兩個「ち」連用時，第二個「ち」就念成「ぢ」，如：ちぢむ。或是當兩個詞合在一起成複合語時，後面的詞首字為「ち」時，就念成「ぢ」，如：はな（鼻）和ぢ（血）所合成的はなぢ一詞。

實用單字

ちぢむ chi.ji.mu.	縮
はなぢ ha.na.ji.	鼻血
そこぢから so.ko.ji.ka.ra.	潛力
いれぢえ i.re.ji.e.	旁人出主意
みぢか mi.ji.ka.	身旁的

應用會話

▶ 洗濯しても縮みません。
se.n.ta.ku./shi.te.mo./chi.ji.mi.ma.se.n.
洗了也不會縮水。

▶ 鼻血が出ます。
ha.na.ji./ga./de.ma.su.
流鼻血。

▶ 底力を発揮します。
so.ko.ji.ka.ra./o./ha.kki./shi.ma.su.
發揮潛力。

▶ 親の入れ知恵です。
o.ya./no./i.re.ji.e./de.su.
父母的指點。

▶ 身近な問題です。
mi.ji.ka.na./mo.n.da.i./de.su.
切身的問題。

輕 鬆 記

身近な人の入れ知恵
mi.ji.ka.na./hi.to./no./i.re.ji.e.
親信的指點。

track 061

づ

| 羅馬拼音 | zu | 中文注音 | ㄗ |

字源 源自平假名「つ」，再加上濁點記號「ﾞ」。現代詞語中幾乎都被「ず」所取代。通常在兩個「つ」連用時，第二個「つ」就念成「づ」，如：つづみ。或是當兩個詞語合在一起成複合語時，後面的詞首字為「つ」時，就念成「づ」，如：て（手）和つくり（製作）合成的てづくり一詞。

實用單字

つづき tsu.zu.ki.	繼續
てづくり te.zu.ku.ri.	手工製
みかづき mi.ka.zu.ki.	弦月
ちからづよい chi.ka.ra.zu.yo.i.	力量大
やりづらい ya.ri.zu.ra.i.	很難做

應用會話

▶ 続きを聞いてください。
tsu.zu.ki.o./ki.i.te./ku.da.sa.i.
請聽下去。

▶ 手作りのケーキです。
te.zu.ku.ri./no./ke.e.ki./de.su.
手工蛋糕。

▶ 三日月が見えます。
mi.ka.zu.ki./ga./mi.e.ma.su.
看得見弦月。

▶ 力強いです。
chi.ka.ra.zu.yo.i./de.su.
力量很強。

▶ やりづらいです。
ya.ri.zu.ra.i./de.su.
很難做。

▶ 小遣いをもらいます。
ko.zu.ka.i./o./mo.ra.i.ma.su.
拿到零用錢。

▶ 常々言い聞かせています。
tsu.ne.zu.ne./i.i.ki.ka.se.te./i.ma.su.
經常聽到對方這麼說。

輕鬆記

小遣いをやりづらい。
ko.zu.ka.i./o./ya.ri.zu.ra.i.
很難給零用錢。

track 062

で

| 羅馬拼音 | de | 中文注音 | ㄉせ |

字源 源自平假名「て」，再加上濁點記號「〞」。

實用單字

でんわ
de.n.wa.
電話

でも
de.mo.
可是

でんき
de.n.ki.
電燈／電氣

でんち
de.n.chi.
電池

でんしゃ de.n.sha.	火車
でぐち de.gu.chi.	出口
でんし de.n.shi.	電子

應·用·會·話

▶ 電話をかけます。
de.n.wa./o./ka.ke.ma.su.
打電話。

▶ でも…。
de.mo.
可是…。

▶ 電気を消します。
de.n.ki./o./ke.shi.ma.su.
關燈。

▶ 電池が切れてしまいました。
de.n.chi./ga./ki.re.te./shi.ma.i.ma.shi.ta.
電池沒電了。

▶ 電車で行きます。
de.n.sha./de./i.ki.ma.su.
坐火車去。

▶ 出口はどこですか？
de.gu.chi./wa./do.ko.de.su.ka.
出口在哪？

▶ 電子辞書を買います。
de.n.shi.ji.sho./o./ka.i.ma.su.
買電子字典。

電子商品の電池。

de.n.shi.sho.u.hi.n./no./de.n.chi.

電子商品的電池。

track 063

ど

| 羅馬拼音 | **do** | 中文注音 | ㄉㄡ |

字源 源自平假名「と」，再加上濁點記號「〞」。

實·用·單·字

どこ do.ko.	在哪
どっち do.cchi.	哪一個
どろぼう do.ro.bo.u.	小偷
どうも do.u.mo.	你好／謝謝
どちら do.chi.ra.	哪個／哪位
どうぶつ do.u.bu.tsu.	動物
どうぞ do.u.zo.	請

應·用·會·話

▶ どこから来ましたか？
do.ko.ka.ra./ki.ma.shi.ta.ka.
從哪來的？

▶ どっちが好きですか？
do.cchi./ga./su.ki./de.su.ka.
喜歡哪一個？

▶ 泥棒に入られました。
do.ro.bo.u./ni./ha.i.ra.re.ma.shi.ta.
遭小偷了。

▶ どうも、はじめまして。
do.u.mo./ha.ji.me.ma.shi.te.
你好，初次見面。

▶ どちらを選びますか？
do.chi.ra./o./e.ra.bi.ma.su.ka.
要選哪一個？

▶ 動物が好きです。
do.u.bu.tsu./ga./su.ki.de.su.
喜歡動物。

▶ どうぞ、お座りください。
do.u.zo./o.su.wa.ri./ku.da.sa.i.
請坐。

動物泥棒。
do.u.bu.tsu./do.ro.bo.u.
偷動物的小偷。

track 064

ば

| 羅馬拼音 | **ba** | 中文注音 | ㄅㄚ |

字源 源自平假名「は」，再加上濁點記號「ﾞ」。

實·用·單·字

ばんごう ba.n.go.u.	號碼
ばん ba.n.	輪到
ばんごはん ba.n.go.ha.n.	晚餐
ばあい ba.a.i.	場合
ばっきん ba.kki.n.	罰金
ばんぐみ ba.n.gu.mi.	節目
ばしょ ba.sho.	地方

應·用·會·話

▶ 番号を教えてください。
ba.n.go.u./o./o.shi.e.te./ku.da.sa.i.
請告訴我號碼。

▶ 私の番です。
wa.ta.shi./no./ba.n./de.su.
輪到我了。

▶ 晩ごはんを食べます。
ba.n./go.ha.n./o./ta.be.ma.su.
吃晚餐。

▶ 場合によります。
ba.a.i./ni./yo.ri.ma.su.
依場合決定。

▶ 罰金を払います。
ba.kki.n./o./ha.ra.i.ma.su.
付罰金。

▶ 番組を見ます。
ba.n.gu.mi./o./mi.ma.su.
看節目。

▶ 場所はどこですか？
ba.sho.u./wa./do.ko.de.su.ka.
地點在哪？

輕·鬆·記

私の番号。
wa.ta.shi./no./ba.n.go.u.
我的號碼。

び

| 羅馬拼音 | bi | 中文注音 | ㄅㄧ |

字源 源自平假名「ひ」，再加上濁點記號「ﾞ」。

實·用·單·字

びっくり bi.kku.ri.	嚇一跳
びん bi.n.	瓶
びじゅつ bi.ju.tsu.	美術
びみょう bi.myo.u.	微妙／難以形容
びよういん bi.yo.u.i.n.	美容院
びはだ bi.ha.da.	皮膚很好
びじん bi.ji.n.	美女

平假名篇

❶ 清音

❷ 濁音

❸ 半濁音

❹ 拗音

應·用·會·話

▶ びっくりしました。
bi.kku.ri./shi.ma.shi.ta.
嚇一跳。

▶ 瓶が割れました。
bi.n./ga./wa.re.ma.shi.ta.
瓶子破了。

▶ 美術が好きです。
bi.ju.tsu./ga./su.ki./de.su.
喜歡美術。

▶ 微妙な反応です。
bi.myo.u.na./ha.n.no.u./de.su.
很微妙的反應。

▶ 美容院へ行きます。
bi.yo.u.i.n./e./i.ki.ma.su.
去美容院。

▶ 美肌です。
bi.ha.da./de.su.
皮膚很好。

▶ 美人社長です。
bi.ji.n.sha.cho.u./de.su.
美女社長。

輕·鬆·記

美人でびっくりする。
bi.ji.n./de./bi.kku.ri./su.ru.
長得很美而讓人意外。

track 066

ぶ

| 羅馬拼音 | bu | 中文注音 | ㄅㄨ |

字源 源自平假名「ふ」，再加上濁點記號「〟」。

實·用·單·字

ぶき bu.ki.	武器
ぶあつい bu.a.tsu.i.	很厚
ぶちょう bu.cho.u.	部長
ぶか bu.ka.	屬下
ぶかつ bu.ka.tsu.	高中的社團活動
ぶんぽう bu.n.po.u.	文法
ぶんか bu.n.ka.	文化

應·用·會·話

▶ 武器を使います。
bu.ki./o./tsu.ka.i.ma.su.
使用武器。

▶ 分厚い資料です。
bu.a.tsu.i./shi.ryo.u./de.su.
很厚的資料。

▶ 部長が来ました。
bu.cho.u./ga./ki.ma.shi.ta.
部長來了。

▶ 部下が来ます。
bu.ka./ga./ki.ma.su.
屬下過來。

▶ 部活は楽しいです。
bu.ka.tsu./wa./ta.no.shi.i./de.su.
社團活動很開心。

▶ 文法は難しいです。
bu.n.po.u./wa./mu.zu.ka.shi.i./de.su.
文法很難。

▶ 文化が深いです。
bu.n.ka./ga./fu.ka.i./de.su.
文化很深奧。

輕 鬆 記

部長の部下。
bu.cho.u./no./bu.ka.
部長的屬下。

track 067

べ

| 羅馬拼音 | **be** | 中文注音 | ㄅㄟ |

字源 源自平假名「へ」，再加上濁點記號「〃」。

實·用·單·字

べつべつ be.tsu.be.tsu.	分開／分別
べんり be.n.ri.	方便
べんきょう be.n.kyo.u.	用功／念書
べつに be.tsu.ni.	沒什麼
べんとう be.n.to.u.	便當
べんごし be.n.go.shi.	律師
べつばら be.tsu.ba.ra.	另外的胃 （指還能吃得下）

平假名篇

❶ 清音

❷ 濁音

❸ 半濁音

❹ 拗音

應·用·會·話

▶ 別々に払います。
be.tsu.be.tsu./ni./ha.ra.i.ma.su.
分開付。

▶ 便利な発明です。
be.n.ri./na./ha.tsu.me.i./de.su.
方便的發明。

▶ 勉強が嫌いです。
be.n.kyo.u./ga./ki.ra.i./de.su.
討厭念書。

▶ 別に変わったところはありません。
be.tsu.ni./ka.wa.tta./to.ko.ro./wa./a.ri.ma.se.n.
沒什麼異樣。

▶ 弁当を持ってます。
be.n.to.u./o./mo.tte.ma.su.
有帶便當。

▶ 弁護士になりたいです。
be.n.go.shi./ni./na.ri.ta.i./de.su.
想成為律師。

▶ 満腹だが、ケーキは別腹だ。
ma.n.pu.ku./da.ga./ke.e.ki./wa./be.tsu.ba.ra./da.
雖然很飽了，但蛋糕是另外一個胃／但還吃得下蛋糕。

輕 鬆 記

弁護士の弁当。
be.n.go.shi./no./be.n.to.u.
律師的便當。

ぼ

羅馬拼音	**bo**	中文注音	ㄅㄡ

字源 源自平假名「ほ」，再加上濁點記號「ˇ」。

實·用·單·字

ぼうし bo.u.shi.	帽子
ぼく bo.ku.	我（男性説法）
ぼうえき bo.u.e.ki.	貿易
ぼうねんかい bo.u.ne.n.ka.i.	忘年會 （類似臺灣的尾牙）
ぼんおどり bo.n.o.do.ri.	盂蘭盆會舞
ぼうっと bo.u.tto.	發呆
ぼうはん bo.u.ha.n.	預防犯罪

應·用·會·話

▶ 帽子をかぶります。
bo.u.shi./o./ka.bu.ri.ma.su.
戴帽子

▶ 僕は小学生です。
bo.ku.wa./sho.u.ga.ku.se.i./de.su.
我是小學生。

▶ 貿易会社に入ります。
bo.u.e.ki.ga.i.sha./ni./ha.i.ri.ma.su.
進入貿易公司。

▶ 忘年会をやりましょう。
bo.u.ne.n.ka.i./o./ya.ri.ma.sho.u.
舉行忘年會。

▶ 盆おどりを楽しみます。
bo.n.o.do.ri./o./ta.no.shi.mi.ma.su.
樂在盂蘭盆會舞。

▶ ぼうっとします。
bo.u.tto./shi.ma.su.
發呆。

▶ 防犯カメラを設置します。
bo.u.ha.n.ka.me.ra./o./se.cchi./shi.ma.su.
裝設防盜監視器。

輕鬆記

僕の帽子。
bo.ku./no./bo.u.shi.
我的帽子。

半濁音

 track 069

ぱ

羅馬拼音	pa	中文注音	ㄆㄚ

字源 源自平假名「は」，再加上半濁點記號「。」。

實·用·單·字

ぱあ pa.a.	布/猜拳時出的布 /消失殆盡
ぱあっと pa.a.tto.	盡情的
ぱくる pa.ku.ru.	抄襲
ぱかぱか pa.ka.pa.ka.	馬行進的聲音
ぱったり pa.tta.ri.	突然
ぱっちり pa.cchi.ri.	明亮
ぱっと pa.tto.	突然/一下子

應·用·會·話

▶ ぱあを出します。
pa.a./o./da.shi.ma.su.
猜拳出布。

▶ 一晩でぱあになりました。
hi.to.ba.n./de./pa.a./ni./na.ri.ma.shi.ta.
一個晚上就散盡家財。

▶ 今日はぱあっと行きましょう。
kyo.u./wa./pa.tto./i.ki.ma.sho.u.
今天就盡情的玩。

▶ 人の作品をぱくります。
hi.to./no./sa.ku.hi.n./o./pa.ku.ri.ma.su.
抄襲別人的作品。

▶ ぱかぱかと馬が通ります。
pa.ka.pa.ka./to./u.ma./ga./to.o.ri.ma.su.
馬兒經過。

▶ 風がぱったりとやみました。
ka.ze./ga./pa.tta.ri./to./ya.mi.ma.shi.ta.
風突然停了。

▶ ぱっちりと目を開けます。
pa.cchi.ri./to./me./o./a.ke.ma.su.
睜開明亮的眼睛。

▶ ぱっと消えます。
pa.tto./ki.e.ma.su.
一下子就消失。

track 070

ぴ

| 羅馬拼音 | pi | 中文注音 | ㄆㄧ |

字源 源自平假名「ひ」，再加上半濁點記號
「。」。

實·用·單·字

ぴりから pi.ri.ka.ra.	微辣
ぴりっと pi.ri.tto.	刺痛／撕破
ぴりぴり pi.ri.pi.ri.	刺痛／辣
ぴっちり pi.cchi.ri.	正合適／緊緊的
ぴかぴか pi.ka.pi.ka.	亮晶晶
ぴくぴく pi.ku.pi.ku.	抽動

應·用·會·話

▶ ぴりからです。
pi.ri.ka.ra./de.su.
微辣。

▶ ノートをぴりっと割いてメモにします。
no.o.to.o/pi.ri.tto./sa.i.te./me.mo.ni./shi.ma.su.
撕下一張紙做筆記。

▶ ぴりぴりと肌を刺します。
pi.ri.pi.ri.to./ha.da./o./sa.shi.ma.su.
皮膚刺痛。

▶ ぴっちりとふたをします。
pi.cchi.ri.to./fu.ta./o./shi.ma.su.
將蓋子密合地蓋上。

▶ ぴっちりとした洋服です。
pi.cchi.ri./to.shi.ta./yo.u.fu.ku./de.su.
合身的衣服。

▶ ぴかぴかに磨かれた靴です。
pi.ka.pi.ka.ni./mi.ga.ka.re.ta./ku.tsu.de.su.
把鞋子擦亮。

▶ 唇がぴくぴく震えています。
ku.chi.bi.ru./ga./pi.ku.pi.ku./fu.ru.e.te./i.ma.su.
嘴脣抽動。

track 071

ぷ

| 羅馬拼音 | pu | 中文注音 | ㄆㄨ |

字源 源自平假名「ふ」，再加上半濁點記號「 ﾟ 」。

實·用·單·字

ぷんぷん pu.n.pu.n.	生氣的樣子
ぷかぷか pu.ka.pu.ka.	輕的東西在水上漂 的樣子
ぷつぷつ pu.tsu.pu.tsu.	刺小洞
ぷっくり pu.kku.ri.	膨脹的樣子
ぷっと pu.tto.	將東西吐出的樣子。

應·用·會·話

▶ ぷんぷんしています。
pu.n.pu.n./shi.te./i.ma.su.
氣呼呼。

▶ 桃がぷかぷかと流れてきます。
mo.mo./ga./pu.ka.pu.ka.to./na.ga.re.te./ki.ma.su.
桃子輕輕從水上漂過來。

▶ ぷつぷつと突き刺して穴を開けます。
pu.tsu.pu.tsu.to./tsu.ki.sa.shi.te./a.na.o./a.ke.ma.su.
刺好多個小洞。

▶ ぷっくりと膨らみます。
pu.kku.ri.to./fu.ku.ra.mi.ma.su.
膨脹起來。

▶ ガムをぷっと吐き出します。
ga.mu./o./pu.tto./ha.ki.da.shi.ma.su.
把口香糖吐掉。

ぺ

| 羅馬拼音 | pe | 中文注音 | ㄆㄝ |

字源 源自平假名「へ」，再加上半濁點記號「。」。

實用單字

ぺいぺい pe.i.pe.i.	自謙能力不足
ぺこぺこ pe.ko.pe.ko.	肚子餓
ぺこん pe.ko.n.	低頭／凹下去
ぺたぺた pe.ta.pe.ta.	貼滿／塗滿
ぺたり pe.ta.ri.	印上去
ぺちゃん pe.cha.n.	扁的
ぺっと pe.tto.	吐出東西的樣子

應·用·會·話

▶ まだぺいぺいです。
ma.da./pe.i.pe.i./de.su.
能力尚不足。

▶ おなかがぺこぺこです。
o.na.ka./ga./pe.ko.pe.ko./de.su.
肚子餓。

▶ ぺこんと頭を下げます。
pe.ko.n.to./a.ta.ma./wo./sa.ge.ma.su.
低下頭來。

▶ ぺたぺたと貼り付けます。
pe.ta.pe.ta.to./ha.ri.tsu.ke.ma.su.
連續貼。

▶ 切手をぺたりと張ります。
ki.tte./o./pe.ta.ri.to./ha.ri.ma.su.
把郵票貼上去。

▶ 畳にぺたりと座ります。
ta.ta.mi./ni./pe.ta.ri.to./su.wa.ri.ma.su.
在地上坐下。

▶ 箱をぺちゃんとつぶします。
ha.ko./o./pe.cha.n.to./tsu.bu.shi.ma.su.
把箱子壓扁。

▶ ぺっとつばを吐きます。
pe.tto./tsu.ba./o./ha.ki.ma.su.
吐口水。

ぽ

羅馬拼音	po	中文注音	ㄆㄡ

字源 源自平假名「ほ」，再加上半濁點記號「。」。

實·用·單·字

ぽいすて po.i.zu.te.	隨手亂丟垃圾
ぽい po.i.	像…一樣
ぽいと po.i.to.	丟東西的樣子
ぽうっと po.u.tto.	尖聲的／模糊的／熱的
ぽかぽか po.ka.po.ka.	暖和的
ぽかん po.ka.n.	冷不防的／發呆
ぽきぽき po.ki.po.ki.	折斷東西的聲音

應·用·會·話

▶ ぽい捨て禁止。
po.i.su.te./ki.n.shi.
禁止亂丟垃圾。

▶ 男っぽいです。
o.to.ko.ppo.i./de.su.
像男孩子。

▶ ぽいとなげます。
po.i.to./na.ge.ma.su.
丟出去。

▶ ぽうっと警笛をならします。
po.u.tto./ke.i.te.ki./o./na.ra.shi.ma.su.
大聲鳴警笛。

▶ 空がぽうっと明るくなります。
so.ra./ga./po.u.tto./a.ka.ru.ku./na.ri.ma.su.
天空漸漸亮起來。

▶ ぽかぽかとした小春日和です。
po.ka.po.ka.to.shi.ta./ko.ha.ru.bi.yo.ri./de.su.
像春天一樣温暖的日子。

▶ ぽかんと殴られました。
po.ka.n.to./na.gu.ra.re.ma.shi.ta.
冷不防的被打。

▶ 小枝をぽきぽきと折ります。
ko.e.da./o./po.ki.po.ki.to./o.ri.ma.su.
把枝椏折斷。

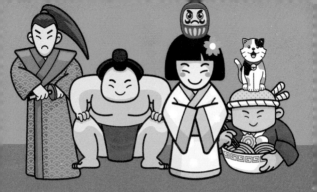

拗 音

track 074

きゃ

羅馬拼音	**kya**	中文注音	ㄎ一ㄚ

字源 由「き」作子音，「や」作母音而合成。

實·用·單·字

きゃあ kya.a.	尖叫的聲音
きゃあきゃあ kya.a.kya.a.	吵鬧／指女生尖叫不停
きゃく kya.ku.	客人
きゃくしつ kya.ku.shi.tsu.	客房
きゃっこう kya.kko.u.	注目
きゃくそう kya.ku.so.u.	客層
きゃくほん kya.ku.ho.n.	腳本

應·用·會·話

▶ きゃあ、あの人が来ました。
kya.a./a.no.hi.to./ga./ki.ma.shi.ta.
啊！那個人來了。

▶ きゃあきゃあ言いながら走っています。
kya.a.kya.a./i.i.na.ga.ra./ha.shi.tte./i.ma.su.
邊高聲吵鬧邊跑。

▶ お客様を迎えます。
o.kya.ku.sa.ma./o./mu.ka.e.ma.su.
去接客人。

▶ 客室へご案内します。
kya.ku.shi.tsu./e./go.a.n.na.i.shi.ma.su.
帶到客房。

▶ 脚光を浴びます。
kya.kko.u./o./a.bi.ma.su.
受到注目。

▶ 客層は広いです。
kya.ku.so.u./wa./hi.ro.i./de.su.
客層很廣。

▶ 脚本を書きます。
kya.ku.ho.n./o./ka.ki.ma.su.
寫劇本。

輕·鬆·記

きゃあきゃあ騒いだ客。
kya.a.kya.a./sa.wa.i.da./kya.ku.
吵鬧的客人。

track 075

きゅ

| 羅馬拼音 | kyu | 中文注音 | ㄎㄧㄩ |

字源 由「き」作子音，「ゆ」作母音而合成。

實·用·單·字

| きゅうどう
kyu.u.do.u. | 射箭 |

| きゅうしょうがつ
kyu.u.sho.u.ga.tsu. | 農曆新年 |

| きゅうじつ
kyu.u.ji.tsu. | 放假日 |

| きゅうり
kyu.u.ri. | 小黃瓜 |

| きゅうに
kyu.u.ni. | 突然 |

| きゅうりょう
kyu.u.ryo.u. | 薪水 |

| きゅうけい
kyu.u.ke.i. | 休息 |

應用會話

▶ 弓道を練習します。
kyu.u.do.u./o./re.n.shu.u./shi.ma.su.
練習射箭。

▶ 旧正月はいかがお過ごしでしょうか？
kyu.u.sho.u.ga.tsu./wa./i.ka.ga./o.su.go.shi./de.sho.u.ka.
農曆新年要怎麼過？

▶ 明日は休日です。
a.shi.ta./wa./kyu.u.ji.tsu./de.su.
明天放假。

▶ きゅうりを食べます。
kyu.u.ri./o./ta.be.ma.su.
吃小黃瓜。

▶ 急に仕事が入りました。
kyu.u.ni./shi.go.to./ga./ha.i.ri.ma.shi.ta.
突然有工作。

▶ 給料は少ないです。
kyu.u.ryo.u./wa./su.ku.na.i./de.su.
薪水很少。

輕鬆記

急にきゅうりを食べたくなった。
kyu.u.ni./kyu.ri./o./ta.be.ta.ku.na.tta.
突然想吃小黃瓜。

きょ

羅馬拼音	**kyo**	中文注音	ㄎㄧㄡ

字源 由「き」作子音，「よ」作母音而合成。

實·用·單·字

きょく kyo.ku.	歌曲
きょう kyo.u.	今天
きょうしつ kyo.u.shi.tsu.	教室
きょうだい kyo.u.da.i.	兄弟姊妹／兄弟
きょねん kyo.ne.n.	去年
きょうみ kyo.u.mi.	有興趣
きょうりょく kyo.u.ryo.ku.	幫忙

應用會話

▶ 曲を聴きます。
kyo.ku./o./ki.ki.ma.su.
聽歌。

▶ 今日は楽しかったです。
kyo.u.wa./ta.no.shi.ka.tta./de.su.
今天很開心。

▶ 教室に誰がいますか？
kyo.u.shi.tsu./ni./da.re./ga./i.ma.su.ka.
誰在教室？

▶ 兄弟がいます。
kyo.u.da.i./ga./i.ma.su.
有兄弟姊妹。

▶ 去年来ました。
kyo.ne.n./ki.ma.shi.ta.
去年來的。

▶ 興味があります。
kyo.mi./ga./a.ri.ma.su.
有興趣。

▶ 協力してください。
kyo.u.ryo.ku./shi.te./ku.da.sa.i.
請配合／請幫忙。

輕鬆記

兄弟の協力。
kyo.u.da.i./no./kyo.u.ryo.ku.
兄弟的幫忙。

しゃ

| 羅馬拼音 | sha | 中文注音 | ㄒㄧㄚ |

字源 由「し」作子音，「や」作母音而合成。

實·用·單·字

しゃべり sha.be.ri.	説話
しゃかい sha.ka.i.	社會
しゃちょう sha.cho.u.	社長／老闆
しゃいん sha.i.n.	社員
しゃしん sha.shi.n.	照片
しゃざい sha.za.i.	道歉
しゃこう sha.ko.u.	社交

應·用·會·話

▶ おしゃべりが好きです。
o.sha.be.ri./ga./su.ki.de.su.
喜歡講話

▶ 社会人になりました。
sha.ga.i.ji.n./ni./na.ri.ma.shi.ta.
成為社會新鮮人。

▶ 社長が来ます。
sha.cho.u./ga./ki.ma.su.
社長來了。

▶ 社員として採用されました。
sha.i.n./to.shi.te./sa.i.yo.u./sa.re.ma.shi.ta.
被錄用為社員。

▶ 写真を撮ります。
sha.shi.n./o./to.ri.ma.su.
拍照。

▶ 謝罪します。
sha.za.i./shi.ma.su.
鄭重道歉。

▶ 社交ダンスを学びます。
sha.ko.u.da.n.su./o./ma.na.bi.ma.su.
學社交舞。

輕 鬆 記

社長が謝罪する。
sha.cho.u./ga./sha.za.i.su.ru.
社長道歉。

 track 078

しゅ

| 羅馬拼音 | shu | 中文注音 | ㄒㄧㄩ |

字源 由「し」作子音，「ゆ」作母音而合成。

實·用·單·字

しゅうまつ shu.u.ma.tsu.	週末
しゅくだい shu.ku.da.i.	功課
しゅじん shu.ji.n.	對外稱自己老公
しゅっちょう shu.ccho.u.	出差
しゅしょう shu.sho.u.	首相
しゅみ shu.mi.	興趣／嗜好
しゅっぱつ shu.ppa.tsu.	出發

應用會話

▶ 週末にパーティーがあります。
shu.u.ma.tsu./ni./pa.a.ti.i./ga./a.ri.ma.su.
這週末有聚會。

▶ 宿題をやります。
shu.ku.da.i./o./ya.ri.ma.su.
寫功課。

▶ 主人がいません。
shu.ji.n./ga./i.ma.se.n.
我老公不在。

▶ 出張します。
shu.ccho.u./shi.ma.su.
出差。

▶ 首相に選ばれました。
shu.ho.u./ni./e.ra.ba.re.ma.shi.ta.
被選為首相。

▶ 趣味は読書です。
shu.mi./wa./do.ku.sho./de.su.
嗜好是讀書。

▶ 出発します。
shu.ppa.tsu./shi.ma.su.
出發。

輕鬆記

週末に出発する。
shu.u.ma.tsu./ni./shu.ppa.tsu./su.ru.
週末出發。

track 079

しょ

| 羅馬拼音 | sho | 中文注音 | ㄒㄧㄡ |

字源 由「し」作子音，「よ」作母音而合成。

實·用·單·字

しょくどう sho.ku.do.u.	大眾餐廳
しょうゆ sho.u.yu.	醬油
しょうかい sho.u.ka.i.	介紹
しょくよく sho.ku.yo.ku.	食欲
しょうせつ sho.u.se.tsu.	小説
しょうらい sho.u.ra.i.	將來
しょるい sho.ru.i.	資料

應·用·會·話

▶ 食堂でカレーを食べます。
sho.ku.do.u./de./ka.re.e./o./ta.be.ma.su.
在餐廳吃咖哩。

▶ 醤油を入れます。
sho.u.yu./o./i.re.ma.su.
加醬油。

▶ 紹介します。
sho.u.ka.i./shi.ma.su.
介紹。

▶ 食欲があります。
ho.ku.yo.ku./ga./a.ri.ma.su.
有食欲。

▶ 小説を読みます。
sho.u.se.tsu./o./yo.mi.ma.su.
讀小説。

▶ 将来を考えます。
sho.u.ra.i./o./ka.n.ga.e.ma.su.
考慮將來。

▶ 書類を整理します。
sho.ru.i./o./se.i.ri./shi.ma.su.
整理資料。

輕·鬆·記

将来の小説。
sho.u.ra.i./no./sho.u.se.tsu.
未來的小説。

track 080

ちゃ

| 羅馬拼音 | cha | 中文注音 | ㄑㄧㄚ |

字源 由「ち」作子音，「や」作母音而合成。

實用單字

ちゃ cha.	茶
ちゃいろ cha.i.ro.	咖啡色
ちゃわん cha.wa.n.	碗
ちゃんと cha.n.to.	好好的
ちゃん cha.n.	對女性或小朋友的暱稱
ちゃんこなべ cha.n.ko.na.be.	相撲鍋
ちゃかす cha.ka.su.	嘲弄

應·用·會·話

▶ お茶を飲みます。
o.cha./o./no.mi.ma.su.
喝茶。

▶ 茶色のかばんです。
cha.i.ro./no./ka.ba.n./de.su.
咖啡色的包包。

▶ 茶碗が割れます。
cha.wa.n./ga./wa.re.ma.su.
碗破了。

▶ ちゃんとできます。
cha.n.to./de.ki.ma.su.
做得很好。

▶ エリカちゃんです。
e.ri.ka./cha.n./de.su.
繪理香小朋友（小姐）。

▶ ちゃんこ鍋を食べます。
cha.n.ko.na.be./o./ta.be.ma.su.
吃相撲鍋。

▶ 人の真似して茶化します。
hi.to./no./ma.ne.shi.te./cha.ka.shi.ma.su.
模仿對方來嘲笑他。

輕·鬆·記

茶色の茶碗。
cha.i.ro./no./cha.wa.n.
咖啡色的碗。

 track 081

ちゅ

| 羅馬拼音 | chu | 中文注音 | ㄑㄧㄩ |

字源 由「ち」作子音，「ゆ」作母音而合成。

實·用·單·字

ちゅうしゃじょう chu.u.sha.jo.u.	停車場
ちゅうし chu.u.shi.	中止
ちゅうしゃ chu.u.sha.	停車
ちゅうい chu.u.i.	警告
ちゅうがっこう chu.u.ga.kko.u.	中學
ちゅうしん chu.u.shi.n.	中心
ちゅう chu.u.	空中

應·用·會·話

▶ 駐車場はどこですか？
chu.u.sha.jo.u./wa./do.ko.de.su.ka.
停車場在哪？

▶ 中止します。
chu.u.shi./shi.ma.su.
中止。

▶ 駐車禁止です。
chu.u.sha./ki.n.shi./de.su.
禁止停車。

▶ 注意されました。
shu.u.i./sa.re.ma.shi.ta.
被警告了。

▶ 中学校の教科書です。
chu.u.ga.kko.u./no./kyo.u.ka.sho./de.su.
中學的教科書。

▶ 自己中心です。
ji.ko.chu.u.shi.n./de.su.
以自我為中心。

▶ 宙に浮かびます。
chu.u./ni./u.ka.bi.ma.su.
在空中漂。

輕·鬆·記

自己中心で注意された。
ji.ko.chu.u.shi.n./de./chu.u.i./sa.re.ta.
因為以自我為中心，所以被警告。

平假名篇

❶ 清音

❷ 濁音

❸ 半濁音

❹ 拗音

 track 082

ちょ

| 羅馬拼音 | cho | 中文注音 | ㄑㄧㄡ |

字源 由「ち」作子音，「よ」作母音而合成。

實·用·單·字

ちょうど cho.u.do.	剛好
ちょきん cho.ki.n.	存錢
ちょくせつ cho.ku.se.tsu.	直接
ちょっと cho.tto.	有點／稍微
ちょうせつ cho.u.se.tsu.	調整
ちょうし cho.u.shi.	狀況
ちょいと cho.i.to.	稍微

應·用·會·話

▶ ちょうどいいです。
cho.u.do./i.i./de.su.
剛剛好。

▶ 貯金します。
cho.ki.n./shi.ma.su.
存錢。

▶ 直接言います。
cho.ku.se.tsu./i.i.ma.su.
直接說明。

▶ ちょっと待ってください。
cho.tto./ma.tte./ku.da.sa.i.
稍等一下。

▶ 調節します。
cho.u.se.tsu./shi.ma.su.
調整。

▶ 調子が悪いです。
cho.u.shi./ga./wa.ru.i./de.su.
狀況不佳。

▶ ちょいと買ってみます。
cho.i.to./ka.tte./mi.ma.su.
買一些試試。

輕鬆記

ちょっと調節する。
cho.tto./cho.u.se.tsu./su.ru.
稍微調整一下。

track 083

にゃ

羅馬拼音	**nya**	中文注音	ㄋㄧㄚ

字源 由「に」作子音，「や」作母音而合成。

實·用·單·字

にゃあにゃあ   貓叫的聲音
nya.a.nya.a.

輕·鬆·記

猫がにゃあにゃあと鳴きます。
ne.ko./ga./nya.a.nya.a./to./na.ki.ma.su.
小貓喵喵叫。

にゅ

羅馬拼音	**nyu**	中文注音	ㄋㄧㄩ

字源 由「に」作子音，「ゆ」作母音而合成。

實·用·單·字

にゅういん   住院
nyu.u.i.n.

にゅうがく   入學
nyu.u.ga.ku.

にゅうしゃ　　　　　　　進入公司
nyu.u.sha.

應用會話

▶ 入院します。
nyu.u.i.n./shi.ma.su.
住院。

▶ 入学おめでとう。
nyu.u.ga.ku./o.me.de.to.u.
恭喜入學。

▶ 入社一年目です。
nyu.u.sha./i.chi.ne.n.me./de.su.
進入公司第一年。

track 084

にょ

羅馬拼音	nyo	中文注音	ㄋㄧㄡ

字源 由「に」作子音，「よ」作母音而合成。

實用單字

にょうぼう　　　　　　　老婆（稱自己老婆）
nyo.u.bo.u.

應用會話

▶ 女房に聞きます。
nyo.u.bo.u./ni./ki.ki.ma.su.
問問我老婆。

ひゃ

| 羅馬拼音 | **hya** | 中文注音 | ㄏㄧㄚ |

字源 由「ひ」作子音，「や」作母音而合成。

實·用·單·字

ひゃく hya.ku.	百／一百
ひゃくえんショップ hya.ku.e.n.sho.ppu.	一百元均一商店
ひゃくとうばん hya.ku.to.u.ba.n.	110

應·用·會·話

▶ 百万貸してください。
hya.ku.ma.n./ka.shi.te./ku.da.sa.i.
請借我一百萬。

▶ 百円ショップで買いました。
hya.ku.e.n./sho.ppu./de./ka.i.ma.shi.ta.
在百元均一商店買的。

▶ 110番を回します。
kya.ku.to.o.ba.n./o./ma.wa.shi.ma.su.
撥110電話。

ひゅ

羅馬拼音	hyu	中文注音	ㄏ一ㄩ

字源 由「ひ」作子音,「ゆ」作母音而合成。

實·用·單·字

ひゅう hyu.u.	吹東西的聲音
ひゅうひゅう hyu.u.hyu.u.	風吹的聲音

應·用·會·話

▶ 口笛をひゅうと吹きます。
ku.chi.bu.e./o./hyu.u.to./fu.ki.ma.su.
吹口哨。

▶ 北風がひゅうひゅうと吹きます。
ki.ta.ka.ze./ga./hyu.u.hyu.u.to./fu.ki.ma.su.
北風咻咻吹來。

ひょ

| 羅馬拼音 | hyo | 中文注音 | ㄏㄧㄡ |

字源 由「ひ」作子音，「よ」作母音而合成。

實·用·單·字

ひょうげん　　　　　　　　表現
hyo.u.ge.n.

ひょうばん　　　　　　　　評價
hyo.u.ba.n.

ひょうか　　　　　　　　　好評
hyo.u.ka.

應·用·會·話

▶ 言葉で表現できません。
ko.to.ba.de./hyo.u.ge.n./de.ki.ma.se.n.
用言語無法表達。

▶ 評判がいいです。
hyo.u.ba.n./ga./i.i./de.su.
獲得好的評價。

▶ 評価されます。
hyo.u.ka./sa.re.ma.su.
獲好評。

track 086

みや

| 羅馬拼音 | mya | 中文注音 | ㄇㄧㄚ |

字源 由「み」作子音,「や」作母音而合成。

みゅ

| 羅馬拼音 | myu | 中文注音 | ㄇㄧㄩ |

字源 由「み」作子音,「ゅ」作母音而合成。

みょ

| 羅馬拼音 | myo | 中文注音 | ㄇㄧㄡ |

字源 由「み」作子音,「ょ」作母音而合成。

りゃ

羅馬拼音	**rya**	中文注音	ㄌㄧㄚ

字源 由「り」作子音，「や」作母音而合成。

實·用·單·字

りゃくしょう rya.ku.sho.u.	簡稱

りゃくせつ rya.ku.se.tsu.	大致説明

りゃくだつ rya.ku.da.tsu.	略奪

應·用·會·話

▶ 国際連合を国連と略称します。
ko.ku.sa.i.re.n.go.u./o./ko.ku.re.n./to./rya.ku.sho.u./
shi.ma.su.
在日本國際連合簡稱為「國連」，即聯合國。

▶ 状況を略説します。
jo.u.kyo.u./o./rya.ku.se.tsu./shi.ma.su.
將狀況大致説明。

▶ 財宝を略奪します。
za.i.ho.u./o./rya.ku.da.tsu./shi.ma.su.
奪取財產。

りゅ

| 羅馬拼音 | ryu | 中文注音 | ㄌㄧㄩ |

字源 由「り」作子音，「ゆ」作母音而合成。

實用單字

りゅうこう ryu.u.ko.u.	流行
りゅうねん yu.u.ne.n.	留級
りゅうがく ryu.u.ga.ku.	留學

應用會話

▶ 流行に追われます。
　ryu.u.ko.u./ni./o.wa.re.ma.su.
　追趕流行。

▶ 留年しました。
　ryu.u.ne.n./shi.ma.shi.ta.
　曾經留級。

▶ 留学します。
　ryu.u.ga.ku./shi.ma.su.
　去留學。

りょ

羅馬拼音	**ryo**	中文注音	ㄌㄧㄡ

字源 由「り」作子音，「ょ」作母音而合成。

實·用·單·字

りょうしん ryo.u.shi.n.	父母
りょうり ryo.u.ri.	作菜／菜
りょこう ryo.ko.u.	旅行

應·用·會·話

▶ 両親と相談します。
　ryo.u.shi.n./to./so.u.da.n./shi.ma.su.
　和父母討論。

▶ 料理が得意です。
　ryo.u.ri./ga./to.ku.i./de.su.
　很會作菜。

▶ 旅行に行きます。
　ryo.ko.u./ni./i.ki.ma.su.
　去旅行。

track 088

平假名篇

❶ 清音

❷ 濁音

❸ 半濁音

❹ 拗音

ぎゃ

| 羅馬拼音 | gya | 中文注音 | ㄍㄧㄚ |

字源 由「ぎ」作子音，「や」作母音而合成。

實·用·單·字

ぎゃあ gya.a.	尖叫聲
ぎゃく gya.ku.	反過來
ぎゃくしゅう gya.ku.shu.u.	反擊

應·用·會·話

▶ ぎゃあ！ゴキブリだ！
gya.a./go.ki.bu.ri./da.
啊！有蟑螂。

▶ ぎゃくに言えば…。
gya.ku./ni./i.e.ba.
反過來說的話…。

▶ 逆襲する。
gya.ku.shu.u./su.ru.
反擊。

ぎゅ

| 羅馬拼音 | gyu | 中文注音 | ㄍ一ㄩ |

字源 由「ぎ」作子音，「ゆ」作母音而合成。

實·用·單·字

ぎゅうにゅう gyu.u.nyu.u.	牛奶
ぎゅうにく gyu.u.ni.ku.	牛肉
ぎゅうっと gyu.u.tto.	緊緊握住的樣子

應·用·會·話

▶ 牛乳を飲みます。
gyu.u.nyu.u./o./no.mi.ma.su.
喝牛奶。

▶ 牛肉は高いです。
gyu.u.ni.ku./wa./ta.ka.i./de.su.
牛肉很貴。

▶ ぎゅうっと握り締めます。
gyu.u.tto./ni.gi.ri.shi.me.ma.su.
緊緊握住。

track 089

ぎょ

| 羅馬拼音 | gyo | 中文注音 | ㄍㄧㄡ |

字源 由「ぎ」作子音，「よ」作母音而合成。

實·用·單·字

ぎょう gyo.u.	行
ぎょうてん gyo.u.te.n.	嚇一跳／瞠目結舌
ぎょうれつ gyo.u.re.tsu.	排隊

應·用·會·話

▶ 三行目の文です。
  sa.n.gyo.u.me./no./bu.n./de.su.
  第三行的句子。

▶ びっくり仰天します。
  bi.kku.ri./gyo.u.te.n./shi.ma.su.
  極為震驚。

▶ 行列ができます。
  gyo.u.re.tsu./ga./de.ki.ma.su.
  人多到需要排隊／受歡迎的。

じゃ

| 羅馬拼音 | ja | 中文注音 | ㄐㄧㄚ |

字源 由「じ」作子音，「や」作母音而合成。

實‧用‧單‧字

じゃ ja.	那麼
じゃがいも ja.ga.i.mo.	馬鈴薯
じゃぐち ja.gu.chi.	水龍頭

應‧用‧會‧話

▶ じゃ、また。
　 ja./ma.ta.
　 那麼，下次見。

▶ じゃがいもを茹でます。
　 ja.ga.i.mo./o./yu.de.ma.su.
　 煮馬鈴薯。

▶ 蛇口をひねってあけます。
　 ja.gu.chi./o./hi.ne.tte./a.ke.ma.su.
　 轉開水龍頭。

じゅ

羅馬拼音	ju	中文注音	ㄐ一ㄩ

字源 由「じ」作子音，「ゅ」作母音而合成。

實·用·單·字

じゅう ju.u.	十
じゅうぶん ju.u.bu.n.	非常／夠了
じゅうよう ju.u.yo.u.	重要
じゅく ju.ku.	補習班
じゅんび ju.n.bi.	準備
じゅぎょう ju.gyo.u.	上課
じゅうじろ ju.u.ji.ro.	十字路口

平假名篇

❶ 清音

❷ 濁音

❸ 半濁音

❹ 拗音

應·用·會·話

▶ 十万円です。
ju.u.ma.n.e.n./de.su.
十萬日圓。

▶ 十分いただきました。
ju.u.bu.n./i.ta.da.ki.ma.shi.ta.
已經拿很多了。

▶ 重要な人です。
ju.u.yo.u./na./hi.to./de.su.
重要的人。

▶ 塾に通っています。
ju.ku./ni./ka.yo.tte./i.ma.su.
去補習。

▶ 準備します。
ju.n.bi./shi.ma.su.
準備。

▶ 授業を受けます。
ju.gyo.u./o./u.ke.ma.su.
上課。

▶ 十字路に立ちます。
ju.u.ji.ro./ni./ta.chi.ma.su.
站在十字路口。

塾の授業。
ju.ku./no./ju.gyo.u.
補習班的課。

track 091

平假名篇

❶ 清音

❷ 濁音

❸ 半濁音

❹ 拗音

じょ

| 羅馬拼音 | jo | 中文注音 | ㄐㄧㄡ |

字源 由「じ」作子音，「よ」作母音而合成。

實·用·單·字

じょうず jo.u.zu.	拿手
じょうひん jo.u.hi.n.	高雅／有氣質
じょうたつ jo.u.ta.tsu.	進步
じょうぶ jo.u.bu.	堅固
じょうほう jo.u.ho.u.	資訊
じょせい jo.se.i.	女性
じょうい jo.u.i.	很高的名次

應·用 會 話

▶ 料理が上手です。
ryo.u.ri./ga./jo.u.zu./de.su.
很會作菜。

▶ 上品な人です。
jo.u.hi.n.na./hi.to./de.su.
有氣質的人。

▶ 上達します。
jo.u.ta.tsu./shi.ma.su.
進步。

▶ 丈夫な棚です。
jo.u.bu./na./da.na./de.su.
堅固的櫃子。

▶ 情報を集めます。
jo.u.ho.u./o./a.tsu.me.ma.su.
收集資訊。

▶ 女性に大人気です。
jo.se.i./ni./da.i.ni.n.ki./de.su.
很受女性歡迎。

▶ 上位を占めます。
jo.u.i./o./shi.me.ma.su.
佔據前面的排名。

輕 鬆 記

上品な女性。
jo.u.hi.n.na./jo.se.i.
有氣質的女性。

track 092

平假名篇

❶ 清音

❷ 濁音

❸ 半濁音

❹ 拗音

ぢゃ

羅馬拼音	ja	中文注音	ㄐㄧㄚ

字源 由「ぢ」作子音,「や」作母音而合成。

ぢゅ

羅馬拼音	ju	中文注音	ㄐㄧㄩ

字源 由「ぢ」作子音,「ゅ」作母音而合成。

ぢょ

羅馬拼音	jo	中文注音	ㄐㄧㄡ

字源 由「ぢ」作子音,「ょ」作母音而合成。

びゃ

羅馬拼音	bya	中文注音	ㄅ一ㄚ

字源 由「び」作子音，「や」作母音而合成。

びゅ

羅馬拼音	byu	中文注音	ㄅ一ㄩ

字源 由「び」作子音，「ゆ」作母音而合成。

びょ

羅馬拼音	byo	中文注音	ㄅ一ㄡ

字源 由「び」作子音，「よ」作母音而合成。

ぴゃ

羅馬拼音	pya	中文注音	ㄆㄧㄚ

字源 由「ぴ」作子音，「や」作母音而合成。

ぴゅ

羅馬拼音	pyu	中文注音	ㄆㄧㄩ

字源 由「ぴ」作子音，「ゆ」作母音而合成。

ぴょ

羅馬拼音	pyo	中文注音	ㄆㄧㄡ

字源 由「ぴ」作子音，「よ」作母音而合成。

片假名篇

PART

5

清音

ア

| 羅馬拼音 | a | 中文注音 | ㄚ |

字源 源自漢字「阿」的部分。

實用單字

アイスクリーム／アイス a.i.su.ku.ri.i.mu./a.i.su.	冰淇淋
アメリカ a.me.ri.ka.	美國
アパート a.pa.a.to.	公寓
アルバイト a.ru.ba.i.to.	打工
アルバム a.ru.ba.mu.	相簿／專輯
アクセス a.ku.se.su.	交通方式 ／上網的方式

應用會話

▶ アイスクリームを食べます。
a.i.su.ku.ri.i.mu./o./ta.be.ma.su.
吃冰淇淋。

▶ アメリカへ行きます。
a.me.ri.ka./e./i.ki.ma.su.
去美國。

片假名篇

5 清音

6 濁音

7 半濁音

8 拗音

▶ アパートを借ります。
a.pa.a.to./o./ka.ri.ma.su.
租公寓。

▶ アルバイトを探します。
a.ru.ba.i.to./o./sa.ga.shi.ma.su.
找打工的機會。

▶ アルバムを出します。
a.ru.ba.mu./o./da.shi.ma.su.
出專輯。

▶ 駅へのアクセスが便利です。
e.ki.e./no./a.ku.se.su./ga./be.n.ri./de.su.
到車站的交通很方便。

アメリカのアイス。
a.me.ri.ka./no./a.i.su.
美國的冰淇淋。

 track 094

イ

| 羅馬拼音 | i | 中文注音 | ー |

字源 源自漢字「伊」的部分。

實用單字

インターネット　　　　　　　　　網路
i.n.ta.a.ne.tto.

インフルエンザ i.n.fu.ru.e.n.za.	流行感冒
イタリア i.ta.ri.a.	義大利
イコール i.ko.o.ru.	等於
インパクト i.n.pa.ku.to.	影響／印象
インスタントフード i.n.su.ta.n.to.fu.u.do.	即食食品
インク i.n.ku.	墨水

應·用·會·話·

▶ インターネットに接続します。
　i.n.ta.a.ne.tto./ni./se.tsu.zo.ku./shi.ma.su.
　連上網。

▶ インフルエンザを予防します。
　i.n.fu.ru.e.n.za./o./yo.bo.u./shi.ma.su.
　預防流行感冒。

▶ イタリアの商品です。
　i.ta.ri.a./no./sho.u.hi.n./de.su.
　義大利的商品。

▶ AイコールBです。
　A.i.ko.o.ru./B./de.su.
　A等於B。

▶ インパクトが強いです。
　i.n.pa.ku.to./ga./tsu.yo.i./de.su.
　給人的印象很深。

▶ インスタントフードを食べます。
i.n.su.ta.n.to./fu.u.do./o./ta.be.ma.su.
吃即食食品。

▶ インクをつけます。
i.n.ku./o./tsu.ke.ma.su.
蘸墨水。

イタリアのインク。
i.ta.ri.a./no./i.n.ku.
義大利的墨水。

 track 095

ウ

| 羅馬拼音 | u | 中文注音 | ㄨ |

字源 源自漢字「宇」的部分。

實用單字

ウール
u.u.ru.
羊毛

ウスターソース
u.su.ta.a.so.o.su.
伍斯特醬

ウクレレ
u.ku.re.re.
夏威夷吉他

ウルトラ u.ru.to.ra.	非常／超級
ウッド u.ddo.	木頭
ウッドクラフト u.ddo.ku.ra.fu.to.	木製品

應·用·會·話

▶ ウール１００％。
u.u.ru./hya.ku./pa.a.se.n.to.
百分之百羊毛。

▶ ウスターソースをつけます。
u.su.ta.a.so.o.su./o./tsu.ke.ma.su.
蘸伍斯特醬。

▶ ウクレレを弾きます。
u.ku.re.re./o./hi.ki.ma.su.
彈夏威夷吉他。

▶ ウルトラナショナリズムです。
u.ru.to.ra./na.sho.na.ri.zu.mu./de.su.
極度國家主義。

▶ ウッドクラフトです。
u.ddo.ku.ra.fu.to./de.su.
木製品。

▶ ウッドデッキです。
u.ddo.de.kki./de.su.
木製甲板。

片假名篇

5 清音

⑥ 濁音

⑦ 半濁音

⑧ 拗音

エ

| 羅馬拼音 | e | 中文注音 | ㄝ |

字源 源自漢字「江」的部分。

實用單字

エアコン e.a.ko.n.	空調
エスカレーター e.su.ka.re.e.ta.a.	手扶梯
エレベーター e.re.be.e.ta.a.	電梯
エンジニア e.n.ji.ni.a.	工程師
エアメール e.a.me.e.ru.	航空信
エンジン e.n.ji.n.	引擎
エコロジー／エコ e.ko.ro.ji.i./e.ko.	環保

應 用 會 話

▶ エアコンをつけます。
e.a.ko.n./o./tsu.ke.ma.su.
開空調。

▶ エスカレーターに乗ります。
e.su.ka.re.e.ta.a./ni./no.ri.ma.su.
搭手扶梯。

▶ エレベーターで上がります。
e.re.be.e.ta.a./de./a.ga.ri.ma.su.
坐電梯上樓。

▶ エンジニアになりたいです。
e.n.ji.ni.a./ni./na.ri.ta.i./de.su.
想當工程師。

▶ エアメールを出します。
e.a.me.e.ru./o./da.shi.ma.su.
寄航空信。

▶ エンジンをかけます。
e.n.ji.n./o./ka.ke.ma.su.
發動引擎。

▶ エコバッグです。
e.ko.ba.ggu./de.su.
環保袋。

エアコンのエンジン。
e.a.ko.n./no./e.n.ji.n.
空調的引擎。

track 097

片假名篇

❺ 清音

❻ 濁音

❼ 半濁音

❽ 拗音

オ

羅馬拼音	o	中文注音	ㄡ

字源 源自漢字「於」的部分。

實用單字

オーストラリア o.o.su.to.ra.ri.a.	澳洲
オーストリア o.o.su.to.ri.a.	奧地利
オンエア o.n.e.a.	播放
オイル o.i.ru.	油
オイスターソース o.i.su.ta.a.so.o.su.	蠔油
オレンジ o.re.n.ji.	柳橙
オーラ o.o.ra.	氣質／感覺

應·用·會·話

▶ オーストラリアに行ったことがありますか？
o.o.su.to.ra.ri.a./ni./i.tta./ko.to./ga./a.ri.ma.su.ka.
曾經去過澳洲嗎？

▶ オーストリアから来ました。
o.o.su.to.ri.a./ka.ra./ki.ma.shi.ta.
從奧地利來。

▶ オンエアされました。
o.n.e.a./sa.re.ma.shi.ta.
被播放出來。

▶ オイルをかけます。
o.i.ru./o./ka.ke.ma.su.
淋上油。

▶ オイスターソースをつけます。
o.i.su.ta.a.so.o.su./o./tsu.ke.ma.su.
蘸蠔油。

▶ オレンジを買います。
o.re.n.ji./o./ka.i.ma.su.
買柳橙。

▶ オーラが違います。
o.o.ra./ga./chi.ga.i.ma.su.
散發出的氣質不同。

オーストラリアのオイル。
o.o.su.to.ra.ri.a./no./o.i.ru.
澳洲產的油。

track 098

片假名篇

5 清音

6 濁音

7 半濁音

8 拗音

カ

| 羅馬拼音 | ka | 中文注音 | ㄎㄚ |

字源 源自漢字「加」的部分。

實用單字

カード ka.a.do.	卡片
カーテン ka.a.te.n.	窗簾
カート ka.a.to.	購物車
カクテル ka.ku.te.ru.	雞尾酒
カーナビ ka.a.na.bi.	汽車衛星導航
カートン ka.a.to.n.	盒（單位）
カッター ka.tta.a.	美工刀

應·用·會·話

▶ カードで払います。
ka.a.do./de./ha.ra.i.ma.su.
用信用卡付款。

▶ カーテンを開けます。
ka.a.te.n./o./a.ke.ma.su.
開窗簾。

▶ カートにおきます。
ka.a.to./ni./o.ki.ma.su.
放在購物車中。

▶ カクテルを飲みます。
ka.ku.te.ru./o./no.mi.ma.su.
喝雞尾酒。

▶ カーナビをつけます。
ka.a.na.bi./o./tsu.ke.ma.su.
裝汽車衛星導航。

▶ タバコを一カートンください。
ta.ba.ko.o./hi.to.ka.a.to.n./ku.da.sa.i.
給我一條煙。

▶ カッターで切ります。
ka.tta.a./de./ki.ri.ma.su.
用美工刀切開。

輕·鬆·記

カードをカッターで切る。
ka.a.do./o./ka.tta.a./de./ki.ru.
用美工刀割卡片。

track 099

キ

| 羅馬拼音 | **ki** | 中文注音 | ㄎㄧ |

字源 源自漢字「幾」的部分。

實·用·單·字

キー ki.i.	鑰匙
キロ ki.ro.	公里／公斤
キス ki.su.	親吻
キッチン ki.cchi.n.	廚房
キウイ ki.u.i	奇異果
キムチ ki.mu.chi.	泡菜
キック ki.kku.	踢

片假名篇

5 清音

6 濁音

7 半濁音

8 拗音

☑ 馬上聽！ 自 學
☑ 馬上唸！ 日 語 50 音
☑ 馬上寫！

應·用·會·話

▶ キーで錠をかけます。
ki.i./de./jo.u./o./ka.ke.ma.su.
用鑰匙上鎖。

▶ 三キロを走りました。
sa.n.ki.ro./o./ha.shi.ri.ma.shi.ta.
跑了三公里。

▶ キスします。
ki.su./shi.ma.su.
親吻。

▶ キッチンに立ちます。
ki.cchi.n./ni./ta.chi.ma.su.
站在廚房。

▶ キウイを食べます。
ki.u.i./o.ta.be.ma.su.
吃奇異果。

▶ キムチを作ります。
ki.mu.chi./o./tu.ku.ri.ma.su.
做泡菜。

▶ キックします。
ki.kku.shi.ma.su.
踢。

輕·鬆·記

キッチンでキムチを食べる。
ki.cchi.n./de./ki.mu.chi./o./ta.be.ma.su.
在廚房吃泡菜。

ク

| 羅馬拼音 | **ku** | 中文注音 | ㄎㄨ |

字源 源自漢字「久」的部分。

實用單字

クッキー ku.kki.i.	餅乾
クラシック ku.ra.shi.kku	古典樂／經典
クリスマス ku.ri.su.ma.su.	聖誕節
クラス ku.ra.su.	班
クイズ ku.i.zu.	猜謎
クーポン ku.u.po.n.	優惠券
クーラー ku.u.ra.a.	冷氣

右側邊欄：

片假名篇

5 清音

6 濁音

7 半濁音

8 拗音

應·用·會·話

▶ クッキーを焼きます。
ku.kki.i./o./ya.ki.ma.su.
烤餅乾。

▶ クラシックを聴きます。
ku.ra.shi.kku./o./ki.ki.ma.su.
聽古典樂。

▶ クリスマスプレゼントを贈ります。
ku.ri.su.ma.su./pu.re.ze.n.to./o./o.ku.ri.ma.su.
送聖誕禮物。

▶ クラスに入ります。
ku.ra.su./ni./ha.i.ri.ma.su.
進入班級中。

▶ クイズ番組を見ます。
ku.i.zu./ba.n.gu.mi./o./mi.ma.su.
看猜謎節目。

▶ クーポン券を利用します。
ku.u.po.n./ke.n./o./ri.yo.u./shi.ma.su.
用優惠券。

▶ クーラーをつけます。
ku.u.ra.a./o./tsu.ke.ma.su.
開冷氣。

輕·鬆·記

クラシックのクラス。
ku.ra.shi.kku./no./ku.ra.su.
古典樂的班級。

track 101

ケ

| 羅馬拼音 | ke | 中文注音 | ㄎㄝ |

字源 源自漢字「介」的部分。

實用單字

ケーキ ke.e.ki.	蛋糕
ケア ke.a.	照護
ケース ke.e.su.	盒子/案子
ケーブルカー ke.e.bu.ru.ka.a.	纜車
ケチャップ ke.cha.ppu.	番茄醬

應用會話

▶ ケーキを作ります。
ke.e.ki./o./tsu.ku.ri.ma.su.
做蛋糕。

▶ アフターケアはどうしますか？
a.fu.ta.a.ke.a./wa./do.u.shi.ma.su.ka.
如何做術後照顧？

▶ めがねケースを買います。
me.ga.ne.ke.e.su./o./ka.i.ma.su.
買眼鏡盒。

▶ ケーブルカーに乗ります。
ke.e.bu.ru.ka.a./ni./no.ri.ma.su.
坐纜車。

▶ ケチャップをつけます。
ke.cha.ppu./o./tsu.ke.ma.su.
蘸番茄醬。

track 102

コ

羅馬拼音	ko	中文注音	ㄎㄡ

字源 源自漢字「己」的部分。

實·用·單·字

コール ko.o.ru.	呼喚
コーヒー ko.o.hi.i.	咖啡
コンサート ko.n.sa.a.to.	音樂會／演唱會
コンピューター ko.n.pyu.u.ta.a.	電腦
コンビニ ko.n.bi.ni.	便利商店

コントロール　　　　　控制
ko.n.to.ro.o.ru.

コーン　　　　　　　　玉米
ko.o.n.

應 用 會 話

▶ モーニングコールサービスがありますか？
mo.o.ni.n.gu.ko.o.ru./sa.a.bi.su./ga./a.ri.ma.su.ka.
請問有早晨提醒的服務嗎？

▶ コーヒーを一つください。
ko.o.hi.i./o./hi.to.tsu.ku.da.sa.i.
給我一杯咖啡。

▶ コンサートに行きます。
ko.n.sa.a.to./ni./i.ki.ma.su.
去看音樂會。

▶ コンピューターを使います。
ko.n.pyu.u.ta.a./o./tsu.ka.i.ma.su.
用電腦。

▶ コンビニで買います。
ko.n.bi.ni./de./ka.i.ma.su.
在便利商店買。

▶ コントロールできません。
ko.n.to.ro.o.ru./de.ki.ma.se.n.
無法控制。

▶ コーンスープを飲みます。
ko.o.n.su.u.pu./o./no.mi.ma.su.
喝玉米湯。

> コンビニでコーヒーを買う。
> ko.n.bi.ni./de./ko.o.hi.i./o./ka.u.
> 在便利商店買咖啡。

track 103

サ

| 羅馬拼音 | **sa** | 中文注音 | ㄙㄚ |

字源 源自漢字「散」的部分。

實用單字

サッカー sa.kka.a.	足球
サーモン sa.a.mo.n.	鮭魚
サンドイッチ sa.n.do.i.cchi.	三明治
サービス sa.a.bi.su.	服務
サイズ sa.i.zu.	尺寸
サラリーマン sa.ra.ri.i.ma.n.	一般公司社員
サプライズ sa.pu.ra.i.zu.	驚喜

應用會話

▶ サッカーをやります。
sa.kka.a./o./ya.ri.ma.su.
玩足球。

▶ サーモンを食べます。
sa.a.mo.n./o./ta.be.ma.su.
吃鮭魚。

▶ サンドイッチを作ります。
sa.n.do.i.cchi./o./tsu.ku.ri.ma.su.
做三明治。

▶ サービスがいいです。
sa.sa.bi.su./ga./i.i.de.su.
服務周到。

▶ サイズがあいます。
sa.i.zu./ga./a.i.ma.su.
尺寸剛好。

▶ サラリーマンになりました。
sa.ra.ri.i.ma.n./ni./na.ri.ma.shi.ta.
成為一般的社員。

▶ サプライズを用意します。
sa.pu.ra.i.zu./o./yo.u.i./shi.ma.su.
準備驚喜。

輕鬆記

サーモンのサンドイッチ。
sa.a.mo.n./no./sa.n.do.i.cchi.
鮭魚三明治。

track 104

シ

| 羅馬拼音 | **shi** | 中文注音 | ㄒ |

字源 源自漢字「之」的部分。

實·用·單·字

シーズン shi.i.zu.n.	季節
システム shi.su.te.mu.	系統
シーソーゲーム shi.i.so.o.ge.e.mu.	拉鋸戰
シートベルト shi.i.to.be.ru.to.	安全帶
シングル shi.n.gu.ru.	單曲／單人
シンプル shi.n.pu.ru.	簡單
シリーズ shi.ri.i.zu.	系列

應·用·會·話

▶ 受験シーズンです。
ju.ke.n./shi.i.zu.n.de.su.
考試季節。

▶ システムが完成しました。
shi.su.te.mu./ga./ka.n.se.i.shi.ma.shi.ta.
系統完成了。

▶ シーソーゲームになりました。
shi.i.so.o.ge.e.mu./ni./na.ri.ma.shi.ta.
形成拉鋸戰。

▶ シートベルトを締めます。
shi.i.to.be.ru.to./o./shi.me.ma.su.
繫上安全帶。

▶ シングルを出します。
shi.n.gu.ru./o./da.shi.ma.su.
出單曲。

▶ シンプルなデザインです。
shi.n.pu.ru./na./de.za.i.n.de.su.
簡單的設計。

▶ この映画シリーズは面白いです。
ko.no./e.i.ga.shi.ri.i.zu./wa./o.mo.shi.ro.i.de.su.
這個系列的電影很有趣。

輕·鬆·記

シンプルなシステム。
shi.n.pu.ru.na./shi.su.te.mu.
簡單的系統。

track 105

ス

羅馬拼音	su	中文注音	ㄙ

字源 源自漢字「須」的部分。

實·用·單·字·

スープ su.u.pu.	湯
スカート su.ka.a.to.	裙子
スポーツ su.po.o.tsu.	運動
ストレス su.to.re.su.	壓力
スキー su.ki.i.	滑雪
スケジュール su.ke.ju.u.ru.	行程
スタート su.ta.a.to.	開始

應·用·會·話

▶ スープを飲みます。
su.u.pu./o./no.mi.ma.su.
喝湯。

▶ スカートをはきます。
su.ka.a.to./o./ha.ki.ma.su.
穿裙子。

▶ スポーツが好きです。
su.po.o.tsu./ga./su.ki.de.su.
喜歡運動。

▶ ストレスがたまります。
su.to.re.su./ga./ta.ma.ri.ma.su.
累積壓力。

▶ スキーが好きです。
su.ki.i./ga./su.ki.de.su.
喜歡滑雪。

▶ スケジュールをチェックします。
su.ke.ju.u.ru./o./che.kku.shi.ma.su.
確認行程。

▶ スタートします。
su.ta.a.to./shi.ma.su.
開始。

輕·鬆·記

スポーツでストレスを発散する。
su.po.o.tsu./de./su.to.re.su./o./ha.ssa.n.su.ru.
藉由運動抒解壓力。

 track 106

セ

| 羅馬拼音 | se | 中文注音 | ㄙㄝ |

字源 源自漢字「世」的部分。

實·用·單·字

セブン se.bu.n.	7－11便利商店
セット se.tto.	成套／組合
センチ se.n.chi.	公分
センス se.n.su.	感覺／品味
セーター se.e.ta.a.	毛衣
セロテープ se.ro.te.e.pu.	透明膠帶
センチメンタル se.n.chi.me.n.ta.ru.	多愁善感

應·用·會·話

▶ セブンへ行きます。
se.bu.n./e./i.ki.ma.su.
去 7-11。

▶ セットで売ります。
se.tto./de./u.ri.ma.su.
成組販售。

▶ 何センチですか？
na.n.se.n.chi./de.su.ka.
請問有幾公分？

▶ センスがいいです。
se.n.su./ga./i.i./de.su.
品味很好。

▶ セーターを着ます。
se.e.ta.a./o./ki.ma.su.
穿毛衣。

▶ セロテープで粘着します。
se.ro.te.e.pu./de./ne.n.cha.ku./shi.ma.su.
用透明膠帶黏。

▶ 星空を見ているとセンチメンタルになります。
ho.shi.zo.ra./o./mi.te.i.ru.to./se.n.chi.me.n.ta.ru./ni./
na.ri.ma.su.
看著星空，不覺就多愁善感起來。

輕·鬆·記

セーターのセット。
se.e.ta.a./no.se.tto.
毛衣組。

track 107

ソ

羅馬拼音	so	中文注音	ㄙㄡ

字 源 源自漢字「曾」的部分。

實 用 單 字

ソックス so.kku.su.	襪子
ソファー so.fa.a.	沙發
ソフトクリーム so.fu.to.ku.ri.i.mu.	霜淇淋
ソーセージ so.o.se.e.ji.	熱狗／香腸
ソース so.o.su.	蘸醬
ソロ so.ro.	獨唱
ソフト so.fu.to.	軟／軟體

應·用 會 話

▶ ウールのソックスです。
u.u.ru./no./so.kku.su./de.su.
羊毛製的襪子。

▶ ソファーに横になります。
so.fa.a./ni./yo.ko.ni./na.ri.ma.su.
躺在沙發上。

▶ ソフトクリームを一つください。
so.fu.to.ku.ri.i.mu./o./hi.to.tsu./ku.da.sa.i.
給我一份霜淇淋。

▶ ソーセージを食べます。
so.o.se.e.ji./o./ta.be.ma.su.
吃香腸。

▶ ソースをつけます。
so.o.su./o./tsu.ke.ma.su.
蘸上醬汁。

▶ ソロで踊ります。
so.ro./de./o.do.ri.ma.su.
一個人獨舞。

▶ ソフトな感じです。
so.fu.to./na./ka.n.ji.de.su.
軟嫩的感覺。

輕 鬆 記

ソフトなソファー。
so.fu.to.na./so.fa.a.
軟沙發。

 track 108

タ

| 羅馬拼音 | ta | 中文注音 | ㄊㄚ |

字源 源自漢字「多」的部分。

實用單字

タクシー ta.ku.shi.i.	計程車
タオル ta.o.ru.	毛巾
ターミナル ta.a.mi.na.ru.	終點站／航站／出發點
タイツ ta.i.tsu.	內搭緊身褲
タンクトップ ta.n.ku.to.ppu.	背心(似無袖上衣)
ターゲット ta.a.ge.tto.	目標
タルト ta.ru.to.	水果塔

應·用·會·話

▶ タクシーで行きます。
ta.ku.shi.i./de./i.ki.ma.su.
坐計程車去。

▶ タオルで拭きます。
ta.o.ru./de./fu.ki.ma.su.
用毛巾擦。

▶ 次はターミナルです。
tsu.gi./wa./ta.a.mi.na.ru./de.su.
下一站是終點站。

▶ タイツをはきます。
ta.i.tsu./o./ha.ki.ma.su.
穿內搭褲。

▶ タンクトップを着ます。
ta.n.ku.to.ppu./o./ki.ma.su.
穿背心。

▶ 女性をターゲットに開発します。
jo.se.i./o./ta.a.ge.tto./ni./ka.i.ha.tsu.shi.ma.su.
以女性為目標而開發的商品。

▶ タルトが好きです。
ta.ru.to./ga./su.ki.de.su.
喜歡吃水果塔。

輕·鬆·記

タクシーでターミナルへ行く。
ta.ku.shi.i./de./ta.a.mi.na.ru./e./i.ku.
坐計程車去起始站（終點站）。

track 109

チ

| 羅馬拼音 | chi | 中文注音 | ㄑㄧ |

字源 源自漢字「千」的部分。

實用單字

チキン chi.ki.n.	雞肉
チリソース chi.ri.so.o.su.	辣醬
チーズ chi.i.zu.	起士
チーム chi.i.mu.	隊伍
チケット chi.ke.tto.	票
チープ chi.i.pu.	便宜
チップ chi.ppu.	小費

應·用 會 話

▶ チキンカツを食べます。
chi.ki.n.ka.tsu./o./ta.be.ma.su.
吃炸雞。

▶ チリソースをつけます。
chi.ri.so.o.su./o./tsu.ke.ma.su.
蘸辣醬。

▶ チーズが溶けます。
chi.i.zu./ga./to.ke.ma.su.
起士溶化。

▶ チームを組みます。
chi.i.mu./o./ku.mi.ma.su.
組隊伍。

▶ チケットを買います。
chi.ke.tto./o./ka.i.ma.su.
買票。

▶ チープな旅行です。
chi.i.pu.na./ryo.ko.u./de.su.
便宜的旅行。

▶ チップをあげます。
chi.ppu./o./a.ge.ma.su.
給小費。

チープなチケット。
chi.i.pu./na./chi.ke.tto.
便宜的票。

track 110

ツ

| 羅馬拼音 | tsu | 中文注音 | ち |

字源 源自漢字「川」的部分。

實·用·單·字

ツイン tsu.i.n.	雙人
ツリー tsu.ri.i.	樹
ツール tsu.u.ru.	工具
ツアー tsu.a.a.	旅行／巡迴
ツナ tsu.na.	鮪魚（罐裝的）
ツー tsu.u.	2

應·用·會·話

▶ ツインルームに泊まります。
  tsu.i.n.ru.u.mu./ni./to.ma.ri.ma.su.
  住雙人房。

▶ クリスマスツリーを買います。
  ku.ri.su.ma.su.tsu.ri.i./o./ka.i.ma.su.
  買聖誕樹。

▶ ツールボックスを持って来ます。
tsu.u.ru.bo.kku.su./o./mo.tte.ki.ma.su.
帶工具箱來。

▶ バスツアーに参加します。
ba.su.tsu.a.a./ni./sa.n.ka.shi.ma.su.
參加巴士旅遊。

▶ ツナ缶を買います。
tsu.na.ka.na./o./ka.i.ma.su.
買罐頭鮪魚。

▶ ツナサンドイッチを食べます。
tsu.na.sa.n.do.i.cchi./o./ta.be.ma.su.
吃鮪魚三明治。

▶ ツーウェージャケットを着ます。
tsu.u.we.e.ja.ke.tto./o./ki.ma.su.
穿兩用外套。

track 111

テ

| 羅馬拼音 | te | 中文注音 | ㄊㄝ |

字源 源自漢字「天」的部分。

實用單字

| テレビ | 電視 |
| te.re.bi. | |

| テープ | 錄音帶／膠帶 |
| te.e.pu. | |

テロ te.ro.	恐怖主義／恐怖行動
テーブル te.e.bu.ru.	桌子
テキスト te.ki.su.to.	教科書
テスト te.su.to.	考試
テーマ te.e.ma.	主題

應·用·會·話

▶ テレビをつけます。
te.re.bi./o./tsu.ke.ma.su.
打開電視。

▶ テープでポスターを貼ります。
te.e.pu./de./po.su.ta.a./o./ha.ri.ma.su.
用膠帶把海報貼起來。

▶ テロを繰り返します。
te.ro./o./ku.ri.ka.e.shi.ma.su.
反覆進行恐怖活動。

▶ テーブルにおきます。
te.e.bu.ru./ni./o.ki.ma.su.
放在桌子上。

▶ テキストを読みます。
te.ki.su.to./o./yo.mi.ma.su.
讀教科書。

▶ テストします。
te.su.to./shi.ma.su.
考試。

▶ テーマは何ですか？
te.e.ma./wa./na.n./de.su.ka.
主題是什麼？

輕鬆記

テーブルにテキストがあります。
te.e.bu.ru./ni./te.ki.su.to./ga./a.ri.ma.su.
在桌上有教科書。

track 112

ト

| 羅馬拼音 | to | 中文注音 | ㄊㄡ |

字源 源自漢字「止」的部分。

實用單字

| トースト | 土司 |
| to.o.su.to. | |

| トマト | 番茄 |
| to.ma.to. | |

| トーク | 談話 |
| to.o.ku. | |

| トレーニング | 訓練 |
| to.re.e.ni.n.gu. | |

| トースター | 烤麵包機 |
| to.o.su.ta.a. | |

トイレ　　　　　　　廁所
to.i.re.

トラック　　　　　　貨車
to.ra.kku.

應·用·會·話

▶ トーストを食べます。
to.o.su.to./o./ta.be.ma.su.
吃土司。

▶ トマトを植えます。
to.ma.to./o./u.e.ma.su.
種番茄。

▶ トーク番組を見ます。
to.o.ku./ba.n.gu.mi./o./mi.ma.su.
看談話節目。

▶ トレーニングします。
to.re.e.ni.n.gu./shi.ma.su.
進行訓練。

▶ トースターでパンを焼きます。
to.o.su.ta.a./de./pa.n./o./ya.ki.ma.su.
用烤麵包機烤麵包。

▶ トイレに行きます。
to.i.re./ni./i.ki.ma.su.
去廁所。

▶ トラックで運びます。
to.ra.kku./de./ha.ko.bi.ma.su.
用貨車運送。

> トーストをトースターで焼く。
> to.o.su.to./o./to.o.su.ta.a./de./ya.ku.
> 用烤麵包機烤土司。

track 113

ナ

羅馬拼音	na	中文注音	ㄋㄚ

字源 源自漢字「奈」的部分。

實用單字

ナイフ na.i.fu.	刀子
ナイト na.i.to.	晚上
ナース na.a.su.	護士
ナルシスト na.ru.shi.su.to.	自戀
ナビゲーション na.bi.ge.e.sho.n.	導航／導引
ナイス na.i.su.	好的

應·用·會·話

▶ ナイフで切ります。
na.i.fu./de./ki.ri.ma.su.
用刀子切。

▶ ナイトゲームを見ます。
na.i.to.ge.e.mu./o./mi.ma.su.
看夜間比賽。

▶ ナースになりました。
na.a.su./ni./na.ri.ma.shi.ta.
成為護士。

▶ あの人はナルシストです。
a.no.hi.to./wa./na.ru.shi.su.to./de.su.
那個人很自戀。

▶ ナビゲーションシステムをつけます。
na.bi.ge.e.sho.n.shi.su.te.mu./o./tsu.ke.ma.su.
裝導引系統。

▶ ナイスキャッチ。
na.i.su.kya.cchi.
接得好！

ナイスナイフ。
na.i.su.na.i.fu.
好刀子。

二

羅馬拼音	**ni**	中文注音	ㄋㄧ

字源 源自漢字「二」的部分。

實用單字

ニート
ni.i.to.
不工作在家中依賴
父母的人

ニーズ
ni.i.zu.
需求

ニックネーム
ni.kku.ne.e.mu.
暱稱

應用會話

▶ ニートになりたくない。
ni.i.to./ni./na.ri.ta.ku.na.i.
不想依賴父母。

▶ お客様のニーズに応じます。
o.kya.ku.sa.ma./no./ni.i.zu./ni./o.o.ji.ma.su.
迎合客戶人的需求。

▶ ニックネームは何ですか？
ni.kku.ne.e.mu./wa./na.n./de.su.ka.
暱稱（小名）是什麼？

ヌ

羅馬拼音	nu	中文注音	３メ

字源 源自漢字「奴」的部分。

實用單字

ヌードル　　　　　　　　　麺條
nu.u.do.ru.

應用會話

▶ インスタントヌードルを食べます。
　i.n.su.ta.n.to.nu.u.do.ru.o./ta.be.ma.su.
　吃泡麵。

track 115

ネ

羅馬拼音	ne	中文注音	３せ

字源 源自漢字「祢」的部分。

實用單字

ネイティブ　　　　　　　　土生土長的本國人
ne.i.ti.bu.

ネット　　　　　　　　　　網路／網
ne.tto.

ネイル　　　　　　　　　　指甲
ne.i.ru.

應用會話

▶ 彼はネイティブアメリカンです。
ka.re./wa./ne.i.ti.bu./a.me.ri.ka.n./de.su.
他是道地的美國人。

▶ ネットで買い物します。
ne.tto./de./ka.i.mo.no./shi.ma.su.
在網路上買衣服。

▶ ネイルサロンへ行きます。
ne.i.ru./sa.ro.n./e./i.ki.ma.su.
去指甲沙龍。

ノ

| 羅馬拼音 | no | 中文注音 | ㄋㄡ |

字源 源自漢字「乃」的部分。

實用單字

| ノミネート | 提名 |
no.mi.ne.e.to.

| ノート | 筆記／筆記本 |
no.o.to.

| ノータッチ | 不碰／不提 |
no.o.ta.cchi.

應·用 會 話

▶ 新人賞にノミネートされました。
shi.n.ji.n.sho.u./ni./no.mi.ne.e.to./sa.re.ma.shi.ta.
被提名新人賞。

▶ ノートを買います。
no.o.to./o./ka.i.ma.su.
買筆記本。

▶ 社長は一切ノータッチです。
sha.cho.u./wa./i.ssa.i./no.o.ta.cchi./de.su.
社長不管任何事。

track 116

ハ	
羅馬拼音 **ha**	中文注音 ㄏㄚ

字 源 源自漢字「八」的部分。

實·用 單 字

ハーフ ha.a.fu.	混血兒
ハイキング ha.i.ki.n.gu.	健行
ハンカチ ha.n.ka.chi.	手帕
ハグ ha.gu.	擁抱

ハンサム
ha.n.sa.mu.
帥

ハンバーグ
ha.n.ba.a.gu.
漢堡排

ハイテンション
ha.i.te.n.sho.n.
心情高昂／興奮

應·用 會 話

▶ 彼女はハーフです。
ka.no.jo./wa./ha.a.fu./de.su.
她是混血兒。

▶ ハイキングに行きます。
ha.i.ki.n.gu./ni./i.ki.ma.su.
去健行。

▶ ハンカチを持ちます。
ha.n.ka.chi./o./mo.chi.ma.su.
拿手帕。

▶ ハグします。
ha.gu./shi.ma.su.
擁抱。

▶ ハンサムな人です。
ha.n.sa.mu.na./ho.to./de.su.
很帥的人。

▶ ハンバーグを食べたいです。
ha.n.ba.a.gu./o./ta.be.ta.i./de.su.
吃漢堡排。

▶ いつもハイテンションです。
i.tsu.mo./ha.i.te.n.sho.n./de.su.
一直保持興奮的心情。

輕鬆記

ハイテンションのハーフ。
ha.i.te.n.sho.n./no.ha.a.fu.
情緒高昂的混血兒。

track 117

ヒ

| 羅馬拼音 | **hi** | 中文注音 | ㄏㄧ |

字源 源自漢字「比」的部分。

實用單字

ヒール hi.i.ru.	鞋跟
ヒーター hi.i.ta.a.	暖爐
ヒット hi.tto.	熱門
ヒップホップ hi.ppu.ho.ppu.	嘻哈
ヒーロー hi.i.ro.o.	英雄
ヒート hi.i.to.	熱

應·用·會·話

▶ ハイヒールを履きます。
ha.i.hi.i.ru./o./ha.ki.ma.su.
穿高跟鞋。

▶ ヒーターを消します。
hi.i.ta.a./o./ke.shi.ma.su.
關掉暖爐。

▶ 大ヒットします。
da.i./hi.tto./shi.ma.su.
大受歡迎。

▶ ヒップホップが好きです。
hi.ppu.ho.ppu./ga./su.ki.de.su.
喜歡嘻哈。

▶ 国のヒーローになりました。
ku.ni./no./hi.i.ro.o./ni./na.ri.ma.shi.ta.
成為國家的英雄。

▶ オーバーヒートです。
o.o.ba.a.hi.i.to./de.su.
過熱。

 track 118

フ

| 羅馬拼音 | **fu** | 中文注音 | ㄈㄨ |

字源 源自漢字「不」的部分。

實·用·單·字

フルーツ　　　　　　水果
fu.ru.u.tsu.

フル　　　　　　　　完全/完整
fu.ru.

應·用·會·話

▶ フルーツを食べます。
fu.ru.u.tsu./o./ta.be.ma.su.
吃水果。

▶ フルーツジュースを飲みます。
fu.ru.u.tsu.ju.u.su./o./no.mi.ma.su.
喝果汁。

▶ フルーツケーキを作ります。
fu.ru.u.tsu.ke.e.ki./o./tsu.ku.ri.ma.su.
做水果蛋糕。

▶ 時間をフルに活用します。
ji.ka.n./o./fu.ru./ni./ka.tsu.yo.u./shi.ma.su.
活用所有的時間。

ヘ

| 羅馬拼音 | he | 中文注音 | ㄏㄝ |

字源 源自漢字「部」的部分。

實·用·單·字

| ヘリコプター／ヘリ | 直升機 |
| he.ri.ko.pu.ta.a./he.ri. | |

| ヘア | 頭髮 |
| he.a. | |

| ヘアカーラー | 染髮 |
| he.a.ka.a.ra.a. | |

應·用·會·話

▶ ヘリに乗ります。
  he.ri./ni./no.ri.ma.su.
  坐直升機。

▶ ヘアゴムを使います。
  he.a.go.mu./o./tsu.ka.i.ma.su.
  用綁頭髮的橡皮筋。

▶ ヘアカーラーします。
  he.a.ka.a.ra.a./shi.ma.su.
  染頭髮。

track 119

ホ

| 羅馬拼音 | ho | 中文注音 | ㄏㄡ |

字源 源自漢字「保」的部分。

實·用·單·字

ホームレス　　　　　　街友
ho.o.mu.re.su.

ホームページ　　　　　網頁
ho.o.mu.pe.e.ji.

ホテル　　　　　　　　飯店
ho.te.ru.

應·用·會·話

▶ 彼はホームレスです。
ka.re.wa./ho.o.mu.re.su./de.su.
他是街友。

▶ ホームページを作ります。
ho.o.mu.pe.e.ji./o./tsu.ku.ri.ma.su.
做網頁。

▶ ホテルに泊まります。
ho.te.ru./ni./to.ma.ri.ma.su.
住飯店。

羅馬拼音	ma	中文注音	ㄇㄚ

字源 源自漢字「万」的部分。

實用單字

マラソン ma.ra.so.n.	馬拉松
マーク ma.a.ku.	做記號／商標
マンション ma.n.sho.n.	住宅大樓

應用會話

▶ マラソンをします。
　ma.ra.so.n./o./shi.ma.su.
　跑馬拉松。

▶ マークします。
　ma.a.ku./shi.ma.su.
　做記號。

▶ マンションを建てます。
　ma.n.sho.n./o./ta.te.ma.su.
　蓋住宅大樓。

 track 120

| 羅馬拼音 | **mi** | 中文注音 | ㄇㄧ |

字源 源自漢字「三」的部分。

實用單字

ミートソース mi.i.to.so.o.su.	肉醬
ミイラ mi.i.ra.	木乃伊
ミキサー mi.ki.sa.a.	果汁機
ミルク mi.ru.ku.	牛奶
ミリ mi.ri.	釐米
ミーティング mi.i.ti.n.gu.	會議
ミス mi.su.	錯誤

應·用·會·話

▶ ミートソースのパスタを食べます。
mi.i.to.so.o.su./no./pa.su.ta./o./ta.be.ma.su.
吃肉醬麵。

▶ ミイラにします。
mi.i.ra./ni./shi.ma.su.
做成木乃伊。

▶ ミキサーでジュースを作ります。
mi.ki.sa.a./de./ju.u.su./o./tsu.ku.ri.ma.su.
用果汁機做果汁。

▶ ミルクを飲みます。
mi.ru.ku./o./no.mi.ma.su.
喝牛奶。

▶ 何ミリですか？
na.n./mi.ri./de.su.ka.
幾公釐？

▶ ミーティングがあります。
mi.i.ti.n.gu./ga./a.ri.ma.su.
有會議。

▶ 私のミスです。
wa.ta.shi./no./mi.su./de.su.
我的錯。

輕·鬆·記

ミイラ取りがミイラになる。
mi.i.ra./to.ri./ga./mi.i.ra./ni./na.ru.
適得其反。

ム

| 羅馬拼音 | mu | 中文注音 | ㄇㄨ |

字源 源自漢字「牟」的部分。

實用單字

| ムード | 氣氛 |
| mu.u.do. | |

| ムードメーカー | 帶動氣氛者 |
| mu.u.do.me.e.ka.a. | |

| ムース | 慕絲 |
| mu.u.su. | |

應用會話

▶ ムードのある店です。
mu.u.do./no./a.ru./mi.se.de.su.
有氣氛的店。

▶ ムースケーキを買います。
mu.u.su.ke.e.ki./o./ka.i.ma.su.
買慕絲蛋糕。

▶ ムースをつけます。
mu.u.su./o./tsu.ke.ma.su.
抹慕絲。

メ

| 羅馬拼音 | me | 中文注音 | ㄇㄝ |

字源 源自漢字「女」的部分。

實用單字

メジャー me.ja.a.	主要的／主修／正式
メーク me.e.ku.	化妝
メーカー me.e.ka.a.	廠商
メートル me.e.to.ru.	公尺
メープルシロップ me.e.pu.ru.shi.ro.ppu.	楓糖漿
メール me.e.ru.	郵件
メーン me.e.n.	主要的

track 122

應·用·會·話

▶ メジャーデビューします。
me.ja.a.de.byu.u./shi.ma.su.
正式出道。

▶ メジャーな会社です。
me.ja.a.na./ka.i.sha./de.su.
主要的公司。

▶ メークを落とします。
me.e.ku./o./o.to.shi.ma.su.
卸妝。

▶ 自転車の大手メーカーです。
ji.te.n.sha./no./o.o.te./me.e.ka.a./de.su.
腳踏車的製造大廠。

▶ 何メートルですか？
na.n.me.e.to.ru./de.su.ka.
幾公尺呢？

▶ メープルシロップをかけます。
me.e.pu.ru.sho.ro.ppu./o.ka.ke.ma.su.
淋上楓糖漿。

▶ メールを送信します。
me.e.ru./o./so.u.shi.n./shi.ma.su.
寄電子郵件。

▶ メーングゲストは誰ですか？
me.e.n.ge.su.to./wa./da.re./de.su.ka.
主要來賓是誰？

モ

羅馬拼音	mo	中文注音	ㄇㄡ

字源 源自漢字「毛」的部分。

實用單字

モデル mo.de.ru.	模特兒／模型
モニター mo.ni.ta.a.	螢幕
モップ mo.ppu.	拖把
モード mo.o.do.	狀態
モール mo.o.ru.	商場
モチベーション mo.chi.be.e.sho.n.	動機

 track 123

應用會話

▶ モデルになりたいです。
mo.de.ru./ni./na.ri.ta.i./de.su.
想成為模特兒。

▶ モニターを買います。
mo.ni.ta.a./o./ka.i.ma.su.
買螢幕。

▶ モップで拭きます。
mo.ppu./de./fu.ki.ma.su.
用拖把擦。

▶ マナーモードにしてください。
ma.na.a./mo.o.do./ni./shi.te./ku.da.sa.i.
請用靜音模式。

▶ ショッピングモールへ行きます。
sho.ppi.n.gu.mo.o.ru./e./i.ki.ma.su.
去購物商場。

▶ モチベーションは何ですか?
mo.chi.be.e.sho.n./wa./na.n./de.su.ka.
動機是什麼呢?

輕鬆記

モデルのモチベーション。
mo.de.ru./no./mo.chi.be.e.sho.n.
當模特兒的動機。

ヤ

| 羅馬拼音 | ya | 中文注音 | 一ㄚ |

字源 源自漢字「也」的部分。

實用單字

ヤクルト　　　　　　　　　養樂多
ya.ku.ru.to.

ヤード	碼
ya.a.do.	

ヤッホー	呀呼！
ya.hho.o.	

應·用·會·話

▶ ヤクルトを飲みます。
ya.ku.ru.to./o./no.mi.ma.su.
喝養樂多。

▶ 五ヤードです。
go.ya.a.do./de.su.
五碼。

▶ ヤッホーと叫びたいです。
ya.hho.o./to./sa.ke.bi.ta.i./de.su.
想大叫「呀呼！」

track 124

	ユ	
羅馬拼音	**yu**	**中文注音** 一ㄩ

字源 源自漢字「由」的部分。

實·用·單·字

ユーモア	幽默
yu.u.mo.a.	

ユーザー	使用者
yu.u.za.a.	

ユニーク　　　　　　　　　特別的
yu.ni.i.ku.

應·用·會·話

▶ ユーモアがあります。
yu.u.mo.a./ga./a.ri.ma.su.
有幽默感。

▶ ユーザー登録します。
yu.u.za.a./to.u.ro.ku./shi.ma.su.
使用者登入。

▶ ユニークな発想です。
yu.ni.i.ku./na./ha.sso.u./de.su.
獨特的想法。

ヨ

| 羅馬拼音 | yo | 中文注音 | 一ㄡ |

字源 源自漢字「與」的部分。

實·用·單·字

ヨーロッパ　　　　　　　　歐洲
yo.o.ro.ppa.

ヨーガ　　　　　　　　　　瑜珈
yo.o.ga.

ヨット　　　　　　　　　　遊艇／帆船
yo.tto

應·用 會·話

▶ ヨーロッパへ旅行に行きます。
  yo.o.ro.ppa./e./ryo.ko.u./ni./i.ki.ma.su.
  去歐洲旅行。

▶ ヨーガを学びます。
  yo.o.ga./o./ma.na.bi.ma.su.
  學瑜珈。

▶ ヨットに乗ります。
  yo.tto./ni./no.ri.ma.su.
  搭遊艇。

 track 125

ラ	
羅馬拼音 ra	**中文注音** ㄌㄚ

字·源 源自漢字「良」的部分。

實·用 單·字

ラジオ ra.ji.o.	收音機
ラーメン ra.a.me.n.	拉麵
ライブ ra.i.bu.	演唱會/生活/ 現場演唱
ライオン ra.i.o.n.	獅子
ライター ra.i.ta.a.	打火機

ライス	飯
ra.i.su.	

ライト	燈
ra.i.to.	

應·用·會·話

▶ ラジオを聴きます。
ra.ji.o./o./ki.ki.ma.su.
聽收音機。

▶ ラーメンを食べます。
ra.a.me.n./o./ta.be.ma.su.
吃拉麵。

▶ ライブに行きます。
ra.i.bu./ni./i.ki.ma.su.
去看演唱會。

▶ ライオンは怖いです。
ra.i.o.n./wa./ko.wa.i./de.su.
獅子很可怕。

▶ ライターを使います。
ra.i.ta.a./o./tsu.ka.i.ma.su.
用打火機。

▶ オムライスを作ります。
o.mu.ra.i.su./o./tsu.ku.ri.ma.su.
做蛋包飯。

▶ カレーライスが好きです。
ka.re.e.ra.i.su./ga./su.ki.de.su.
喜歡咖哩飯。

▶ ライトをつけます。
ra.i.to./o./tsu.ke.ma.su.
開燈／點燈。

track 126

リ

| 羅馬拼音 | **ri** | 中文注音 | ㄌㄧ |

字源 源自漢字「利」的部分。

實用單字

リラックス ri.ra.kku.su.	放鬆
リセット ri.se.tto.	重新開始／重開機
リスト ri.su.to.	名單
リビング ri.bi.n.gu.	客廳
リーダー ri.i.da.a.	領導
リクエスト ri.ku.e.su.to.	要求
リード ri.i.do.	領先

應用會話

▶ リラックスできます。
ri.ra.kku.su./de.ki.ma.su.
能放鬆。

▶ リセットします。
ri.se.tto./shi.ma.su.
重新開始。

▶ リストを書きます。
ri.su.to./o./ka.ki.ma.su.
寫名單。

▶ リビングにいます。
ri.bi.n.gu./ni./i.ma.su.
在客廳。

▶ リーダーに選ばれます。
ri.i.da.a./ni./e.ra.ba.re.ma.su.
被選為領袖。

▶ リクエストにより演奏します。
ri.ku.e.su.to./ni./yo.ri./e.n.so.u./shi.ma.su.
應要求而演奏。

▶ リードしています。
ri.i.do./shi.te.i.ma.su.
正領先。

▶ リードを奪われます。
ri.i.do./o./u.ba.wa.re.ma.su.
被超前。

track 127

	ル	
羅馬拼音	**ru**	中文注音	ㄌㄨ

字源 源自漢字「流」的部分。

實·用·單·字

ルックス ru.kku.su.	外表
ルーツ ru.u.tsu.	根源
ルビー ru.bi.i.	紅寶石
ルーム ru.u.mu.	房間
ルー ru.u.	醬汁
ルーキー ru.u.ki.i.	新人
ルール ru.u.ru.	規則

應·用·會·話

▶ ルックスのよい俳優です。
ru.kku.su./no.yo.i./ha.i.yu.u./de.su.
長得很帥的演員。

▶ ルーツを探します。
ru.u.tsu./o./sa.ga.shi.ma.su.
追尋根源。

▶ ルビーのリングを買いました。
ru.bi.i./no./ri.n.gu./o./ka.i.ma.shi.ta.
買了紅寶石戒指。

▶ ワンルームマンションに住んでいます。
wa.n.ru.u.mu.ma.n.sho.n./ni./su.n.de./i.ma.su.
住在單房的高級公寓。

▶ ルームメートがいます。
ru.u.mu.me.e.to./ga./i.ma.su.
有室友。

▶ カレーのルーを作ります。
ka.re.e./no.ru.u./o./tsu.ku.ri.ma.su.
做咖哩醬。

▶ 今年のルーキーです。
ko.to.shi./no./ru.u.ki.i./de.su.
今年的新人。

▶ ルールを決めます。
ru.u.ru./o./ki.me.ma.su.
訂下規則。

 track 128

レ

羅馬拼音	re	中文注音	ㄌせ

字源 源自漢字「礼」的部分。

實用單字

レポート	報告
re.po.o.to.	
レスリング	摔角
re.su.ri.n.gu.	
レーザー	雷射
re.e.za.a.	
レモン	檸檬
re.mo.n.	

レース	比賽
re.e.su.	
レア	三分熟／稀少／輕的
re.a.	
レギュラー	定常的
re.gyu.ra.a.	

應·用·會·話

▶ レポートを書きます。
re.po.o.to./o./ka.ki.ma.su.
寫報告

▶ レスリングを見ます。
re.su.ri.n.gu./o./mi.ma.su.
看摔角

▶ レーザー手術を受けます。
re.e.za.a./shu.ju.tsu./o./u.ke.ma.su.
接受雷射手術。

▶ レモンジュースを飲みます。
re.mo.n.ju.u.su./o./no.mi.ma.su.
喝檸檬汁。

▶ レースに出場します。
re.e.su./ni./shu.tsu.jo.u.shi.ma.su.
參加比賽。

▶ レアにしてください。
re.a./ni.shi.te.ku.da.sa.i.
我要三分熟。

▶ レアチーズケーキを食べます。
re.a.chi.i.zu.ke.e.ki./o./ta.be.ma.su.
吃輕乳酪蛋糕。

▶ レギュラー出演です。
re.gyu.ra.a.chu.tsu.e.n.de.su.
固定演出的角色。

 track 129

ロ

| 羅馬拼音 | ro | 中文注音 | ㄌㄡ |

字源 源自漢字「呂」的部分。

實·用·單·字

ロッカー ro.kka.a.	置物櫃
ロケ ro.ke.	外景
ロードショー ro.o.do.sho.o.	（電影）上演
ローカル ro.o.ka.ru.	本地的
ロールパン ro.o.ru.pa.n.	餐包
ロース ro.o.su.	里肌肉
ロック ro.kku.	搖滾

應·用·會·話

▶ ロッカーにおきます。
ro.kka.a.ni./o.ki.ma.su.
放在置物櫃中。

▶ コインロッカーはどこですか？
ko.i.n.ro.kka.a./wa./do.ko.de.su.ka.
投幣式置物櫃在哪裡呢？

▶ ロケ地へ行きます。
ro.ke.chi./e./i.ki.ma.su.
去外景地。

▶ ロードショー劇場は多いです。
ro.o.do.sho.o./ge.ki.jo.u./wa./o.o.i./de.su.
上映的劇場很多。

▶ ローカルな話です。
ro.o.ka.ru./na./ha.na.shi.de.su.
本地的事情。

▶ ロールパンを食べます。
ro.o.ru.pa.n./o./ta.be.ma.su.
吃餐包。

▶ ロースを３００グラムください。
ro.o.su./o./sa.n.bya.ku./gu.ra.mu./ku.da.sa.i.
給我三百克的里肌肉。

▶ ロックが好きです。
ro.kku./ga./su.ki.de.su.
喜歡搖滾樂。

 track 130

ワ

| 羅馬拼音 | **wa** | 中文注音 | ㄨㄚ |

字源 源自漢字「和」的部分。

實·用·單·字

ワイン wa.i.n.	紅酒
ワールド wa.a.ru.do.	世界
ワイド wa.i.do.	寬的
ワーク wa.a.ku.	工作
ワイシャツ wa.i.sha.tsu.	白襯衫
ワックス wa.kku.su.	蠟／髮蠟
ワンピース wa.n.pi.i.su.	連身洋裝

應·用·會·話

▶ ワインを飲みます。
wa.i.n./o./no.mi.ma.su.
喝紅酒。

▶ ワインカラーが好きです。
wa.i.n.ka.ra.a./ga./su.ki./de.su.
喜歡酒紅色。

▶ ワールドカップを見ます。
wa.a.ru.do.ka.ppu./o./mi.ma.su.
看世界盃。

▶ ワイドテレビがほしいです。
wa.i.do.te.re.bi./ga./ho.shi.i./de.su.
想要寬螢幕電視。

▶ チームワークがとれた作業です。
chi.i.mu.wa.a.ku./ga./to.re.ta./sa.gyo.u./de.su.
需要團隊合作的工作。

▶ ワイシャツを着ます。
wa.i.sha.tsu./o./ki.ma.su.
穿白襯衫。

▶ 床にワックスを塗ります。
yu.ka./ni./wa.kku.su./o./nu.ri.ma.su.
在地上打蠟。

▶ ワンピースを買います。
wa.n.pi.i.su./o./ka.i.ma.su.
穿連身洋裝。

ヲ

羅馬拼音	o	中文注音	ㄡ

字源 源自漢字「乎」的部分。

ン

羅馬拼音	n	中文注音	ㄣ

字源 源自漢字「尔」的部分。

 track 131

ガ

羅馬拼音	ga	中文注音	ㄍㄚ

字源 源自片假名「カ」，再加上濁點記號「゛」。

實·用·單·字·

ガソリン ga.so.ri.n.	汽油
ガイド ga.i.do.	導遊／說明書／工具書
ガラス ga.ra.su.	玻璃
ガム ga.mu.	口香糖
ガス ga.su.	瓦斯
ガーデン ga.a.de.n.	花園
ガーゼ ga.a.ze.	紗布

應·用·會·話·

▶ ガソリンが切れます。
ga.so.ri.n./ga./ki.re.ma.su.
沒汽油了。

▶ ガソリンを満タンにします。
ga.so.ri.n./o./ma.n.ta.an./ni./shi.ma.su.
把油加滿。

▶ ガイドが案内します。
ga.i.do./ga./a.n.na.i./shi.ma.su.
導遊為大家介紹。

▶ ガラスを割ってしまいました。
ga.ra.su./o./wa.tte./shi.ma.i.ma.shi.ta.
玻璃破了。

▶ ガムを噛みます。
ga.mu./o./ka.mi.ma.su.
嚼口香糖。

▶ ガスをつけます。
ga.su./o./tsu.ke.ma.su.
點燃瓦斯。

▶ ガーデンパーティーをやります。
ga.a.de.n.pa.a.ti.i./o./ya.ri.ma.su.
辦園遊會。

▶ ガーゼを傷口に当てます。
ga.a.ze./o./ki.zu.gu.chi./ni./a.te.ma.su.
把紗布蓋在傷口上。

track 132

ギ

羅馬拼音	**gi**	中文注音	ㄍ一

字源 源自片假名「キ」，再加上濁點記號「〃」。

實·用·單·字

ギア gi.a.	汽車的檔
ギフト gi.fu.to.	禮物
ギター gi.ta.a.	吉他
ギタリスト gi.ta.ri.su.to.	吉他手
ギブアップ gi.bu.a.ppu.	放棄
ギブス gi.bu.su.	石膏
ギリシア gi.ri.shi.a.	希臘

應·用·會·話

▶ ギアをローからセカンドに入れます。
　gi.a./o./ro.o./ka.ra./se.ka.n.do./ni./i.re.ma.su.
　從低檔換到二檔。

▶ ギフトを開けます。
　gi.fu.to./o./a.ke.ma.su.
　拆禮物。

▶ ギフトカードを書きます。
　gi.fu.to.ka.a.do./o./ka.ki.ma.su.
　寫禮物卡。

▶ ギターを弾きます。
　gi.ta.a./o./hi.ki.ma.su.
　彈吉他。

▶ ギタリストになりたいです。
gi.ta.ri.su.to./ni./na.ri.ta.i./de.su.
想成為吉他手。

▶ ギブアップします。
gi.bu.a.ppu./shi.ma.su.
放棄。

▶ ギブスをはめます。
gi.bu.su./o./ha.me.ma.su.
上石膏。

▶ ギリシアへ行きます。
gi.ri.shi.a./e./i.ki.ma.su.
去希臘。

 track 133

グ

| 羅馬拼音 | **gu** | 中文注音 | ㄍㄨ |

字源 源自片假名「ク」，再加上濁點記號「゛」。

實用單字

グッド gu.ddo.	很好
グループ gu.ru.u.pu.	團體
グッズ gu.zzu.	商品
グミ gu.mi.	軟糖

グラタン gu.ra.ta.n.	奶油焗烤
グラス gu.ra.su.	玻璃杯
グラフ gu.ra.fu.	圖表

應·用·會·話

▶ グッドアイデアです。
gu.ddo.a.i.de.a./de.su.
好主意。

▶ グループ旅行に参加します。
gu.ru.u.pu.ryo.ko.u./ni./sa.n.ka./shi.ma.su.
參加團體旅遊。

▶ グループ分けします。
gu.ru.u.pu.wa.ke./shi.ma.su.
分組。

▶ 美容グッズに興味をもちます。
bi.yo.u.gu.zzu./ni./kyo.u.mi./o./mo.chi.ma.su.
對美容商品有興趣。

▶ グミが好きです。
gu.mi./ga./su.ki./de.su.
喜歡吃軟糖。

▶ グラタンを作ります。
gu.ra.ta.n./o./tsu.ku.ri.ma.su.
作焗烤。

▶ ワイングラスで飲みます。
wa.i.n.gu.ra.su./de./no.mi.ma.su.
用紅酒杯喝。

▶ グラフで説明します。
gu.ra.fu./de./se.tsu.me.i./shi.ma.su.
用圖表說明。

track 134

ゲ

| 羅馬拼音 | ge | 中文注音 | ㄍㄝ |

字源 源自片假名「ケ」，再加上濁點記號「ﾞ」。

實用單字

ゲット ge.tto.	得到
ゲーム ge.e.mu.	遊戲
ゲスト ge.su.to.	來賓

應用會話

▶ 最新商品をゲットします。
sa.i.shi.n.sho.u.hi.n./o./ge.tto./shi.ma.su.
買到最新商品。

▶ ゲームをやります。
ge.e.mu./o./ya.ri.ma.su.
玩遊戲。

▶ ゲストは誰ですか？
ge.su.to./wa./da.re./de.su.ka.
來賓是誰？

ゴ

羅馬拼音	go	中文注音	ㄍㄡ

字源 源自片假名「コ」，再加上濁點記號「ˇ」。

實用單字

ゴルフ go.ru.fu.	高爾夫
ゴール go.o.ru.	目標
ゴールイン go.o.ru.i.n.	到終點/有了結果 /得分
ゴージャス go.o.ja.su.	高雅的
ゴールデンウィーク go.o.ru.de.n.wi.i.ku.	黃金週
ゴム go.mu.	橡膠

 track 135

應用會話

▶ ゴルフが好きです。
go.ru.fu./ga./su.ki./de.su.
喜歡打高爾夫。

▶ ゴールを定めます。
go.o.ru./o./sa.da.me.ma.su.
訂下目標。

片
假
名
篇

❺ 清音

❻ 濁音

❼ 半濁音

❽ 拗音

▶ ゴールインします。
go.o.ru.i.n./shi.ma.su.
到了終點。

▶ ゴージャスな服装です。
go.o.ja.su.na./fu.ku.so.u./de.su.
高雅的服裝。

▶ ゴールデンウィークに何をしたいですか？
go.o.r.de.n.wi.i.ku./ni./na.ni./o./shi.ta.i.de.su.ka.
黃金週時想做什麼呢？

▶ ゴム靴を履きます。
go.mu.gu.tsu./o./ha.ki.ma.su.
穿著橡膠鞋。

羅馬拼音	za	中文注音	ㄗㄚ

字源 源自片假名「サ」，再加上濁點記號「〃」。

羅馬拼音	ji	中文注音	ㄐㄧ

字源 源自片假名「シ」，再加上濁點記號「〃」。

實·用·單·字

ジグソーパズル　　　　　拼圖
ji.gu.so.o.pa.zu.ru.

應·用·會·話

▶ ジグソーパズルを組み立てます。
ji.gu.so.o.pa.zu.ru./o./ku.mi.ta.te.ma.su.
拼拼圖。

track 136

ズ

| 羅馬拼音 | zu | 中文注音 | ㄗ |

字源 源自片假名「ス」，再加上濁點記號「 ゛」。

實·用·單·字

ズボン　　　　　　　　　　長褲。
zu.bo.n.

應·用·會·話

▶ ズボンを履きます。
zu.bo.n./o./ha.ki.ma.su.
穿長褲。

ゼ

| 羅馬拼音 | zo | 中文注音 | ㄗㄝ |

字源 源自片假名「セ」，再加上濁點記號「 ゛」。

實·用·單·字

ゼリー　　　　　　　　　　果凍
ze.ri.i.

ゼロ ze.ro.	零
ゼミ ze.mi.	研討會

應用會話

▶ ゼリーを食べます。
ze.ri.i./o./ta.be.ma.su.
吃果凍。

▶ ゼロから出発します。
ze.ro./ka.ra./shu.ppa.tsu./shi.ma.su.
從零開始。

▶ ゼミに参加します。
ze.mi./ni./sa.n.ka./shi.ma.su.
參加研討會。

track 137

ゾ

羅馬拼音	zo	中文注音	ㄗㄡ

字源 源自片假名「ソ」，再加上濁點記號「 ゛」。

實用單字

ゾーン zo.o.n.	地帶／範圍

應用會話

▶ 警戒ゾーンに達します。
ke.i.ka.i.zo.o.n./ni./ta.sshi.ma.su.
達到警戒範圍。

ダ

羅馬拼音	**da**	中文注音	ㄉㄚ

字源 源自片假名「タ」，再加上濁點記號「゛」。

實用單字

ダーク da.a.ku.	暗

ダブル da.bu.ru.	雙份

ダンス da.n.su.	跳舞

ダイエット da.i.e.tto.	減肥

ダイヤ da.i.ya.	時刻表／鑽石

ダメージ da.me.e.ji.	傷害

ダイヤモンド da.i.ya.mo.n.do.	鑽石

 track 138

應用會話

▶ ダークカラーが好きです。
da.a.ku.ka.ra.a./ga./su.ki./de.su.
喜歡暗色系。

▶ ダブルベッドの部屋です。
da.bu.ru.be.ddo./no./he.ya./de.su.
有兩張床的房間。

▶ ダンスが苦手です。
da.n.su./ga./ni.ga.te./de.su.
不擅長跳舞。

▶ ダイエットします。
da.i.e.tto./shi.ma.su.
減肥。

▶ ダメージを受けます。
da.me.e.ji./o./u.ke.ma.su.
受到傷害。

▶ ダイヤが乱れました。
da.i.ya./ga./mi.da.re.ma.shi.ta.
時刻表被打亂了。

▶ ダイヤモンドを買います。
da.i.ya.mo.n.do./o./ka.i.ma.su.
買鑽石。

 輕鬆記

ダンスでダイエットする。
da.n.su./de./da.i.e.tto./su.ru.
藉由跳舞減肥。

ヂ

| 羅馬拼音 | ji | 中文注音 | ㄐㄧ |

字源 源自片假名「チ」，再加上濁點記號「ヾ」。

275

ツ

羅馬拼音	zu	中文注音	ㄗ

字源 源自片假名「ツ」，再加上濁點記號「〃」。

track 139

デ

羅馬拼音	de	中文注音	ㄉせ

字源 源自片假名「テ」，再加上濁點記號「〃」。

實用單字

デート de.e.to.	約會
デニム de.ni.mu.	牛仔褲
デビュー de.byu.u.	出道
データ de.e.ta.	資料
デジタル de.ji.ta.ru.	數位的
デザイン de.za.i.n.	設計

デパート　　　　　　　　　百貨公司
de.pa.a.to.

應·用·會·話

▶ デートします。
de.e.to./shi.ma.su.
約會。

▶ デニムを履きます。
de.ni.mu.o./ha.ki.ma.su.
穿牛仔褲。

▶ デビューします。
de.byu.u./shi.ma.su.
出道。

▶ データを集めます。
de.e.ta./o./a.tsu.me.ma.su.
收集資料。

▶ デジタルカメラを買います。
de.ji.ta.ru.ka.me.ra./o./ka.i.ma.su.
買數位相機。

▶ デザインがいいです。
de.za.i.n./ga./i.i./de.su.
設計很好。

▶ デパートへ行きます。
de.pa.a.to./e./i.ki.ma.su.
去百貨公司。

輕·鬆·記

デパートでデートする。
de.pa.a.to./de./de.e.to./su.ru.
去百貨約會。

track 140

ド

羅馬拼音	do	中文注音	ㄉㄡ

字源 源自片假名「ト」，再加上濁點記號「〃」。

實用單字

ドーム
do.o.mu.
巨蛋

ドア
do.a.
門

ドライバー
do.ra.i.ba.a.
螺絲起子

ドラマ
do.ra.ma.
連續劇

ドイツ
do.i.tsu.
德國

ドーナツ
do.o.na.tsu.
甜甜圈

ドッジボール
do.jji.bo.o.ru.
躲避球

應用會話

▶ ドームでライブをやります。
do.o.mu./de./ra.i.bu./o./ya.ri.ma.su.
在巨蛋辦演唱會。

▶ ドアを開けます。
do.a./o./a.ke.ma.su.
打開門。

▶ ドライバーを使います。
do.ra.i.ba.a./o./tsu.ka.i.ma.su.
使用螺絲起子。

▶ ドラマを見ます。
do.ra.ma./o./mi.ma.su.
看連續劇。

▶ ドイツ製です。
do.i.tsu./se.i./de.su.
德國製。

▶ ドーナツを食べます。
do.o.na.tsu./o./ta.be.ma.su.
吃甜甜圈。

▶ ドッジボールします。
do.jji.bo.o.ru./shi.ma.su.
玩躲避球。

ドームのドア。
do.o.mu./no./do.a.
巨蛋的門。

 track 141

	バ	
羅馬拼音	**ba**	中文注音	ㄅㄚ

字源 源自片假名「ハ」，再加上濁點記號「〃」。

實·用·單·字

バーゲン ba.a.ge.n.	折扣拍賣
バス ba.su.	巴士
バッグ ba.ggu.	包包
バイキング ba.i.ki.n.gu.	吃到飽
バースデー ba.a.su.de.e.	生日
バー ba.a.	酒吧
バード ba.a.do.	鳥

應·用·會·話

▶ バーゲンで買いました。
　ba.a.ge.n./de./ka.i.ma.shi.ta.
　打折時買的。

▶ バスに乗ります。
　ba.su./ni./no.ni.ma.su.
　搭巴士。

▶ バッグを買います。
　ba.ggu./o./ka.i.ma.su.
　買包包。

片假名篇

❺ 清音

❻ 濁音

❼ 半濁音

❽ 拗音

▶ バイキングを食べます。
ba.i.ki.n.gu./o./ta.be.ma.su.
去吃吃到飽。

▶ バースデーケーキを作ります。
ba.a.su.de.e.ke.e.ki./o./tsu.ku.ri.ma.su.
做生日蛋糕。

▶ バーで飲みます。
ba.a./de./no.mi.ma.su.
在酒吧喝酒。

▶ バードになりたいです。
ba.a.do./ni./na.ri.ta.i.de.su.
想成為鳥。

バーゲンでバッグを買う。
ba.a.ge.n./de./ba.ggu./o./ka.u.
在打折時買包包。

track 142

ビ

| 羅馬拼音 | **bi** | 中文注音 | ㄅㄧ |

字源 源自片假名「ヒ」，再加上濁點記號「ゝ」。

ビーフ　　　　　　　牛肉
bi.i.fu.

ビル bi.ru.	大樓
ビール bi.i.ru.	啤酒
ビザ bi.za.	簽證
ビデオ bi.de.o.	錄影帶
ビニール bi.ni.i.ru.	聚乙烯／塑膠袋
ビスケット bi.su.ke.tto.	餅乾

應·用·會·話

▶ ビーフステーキを食べます。
bi.i.fu.su.te.e.ki./o./ta.be.ma.su.
吃牛排。

▶ ビルを建てます。
bi.ru./o./ta.te.ma.su.
蓋大樓。

▶ ビールを飲みます。
bi.i.ru./o./no.mi.ma.su.
喝啤酒。

▶ ビザを持ちます。
bi.za./o./mo.chi.ma.su.
拿著簽證。

▶ ビデオを見ます。
bi.de.o./o./mi.ma.su.
看錄影帶。

▶ ビニール袋が要りません。
bi.ni.i.ru.bu.ku.ro./ga./i.ri.ma.se.n.
不需要袋子。

▶ ビスケットを食べます。
bi.su.ke.tto./o./ta.be.ma.su.
吃餅乾。

輕鬆記

ビルでビールを飲む。
bi.ru./de./bi.i.ru./o./no.mu.
在大樓喝啤酒。

track 143

ブ

| 羅馬拼音 | **bu** | 中文注音 | ㄅㄨ |

字源 源自片假名「フ」，再加上濁點記號「〃」。

實·用·單·字

ブーツ bu.u.tsu.	靴子
ブーケ bu.u.ke.	花束
ブレーク bu.re.e.ku.	大受歡迎／爆發性的
ブランド bu.ra.n.do.	名牌／品牌

ブルー bu.ru.u.	藍色
ブーム bu.u.mu.	熱潮
ブラック bu.ra.kku.	黑色

應用會話

▶ ブーツを履きます。
bu.u.tsu./o./ha.ki.ma.su.
穿靴子。

▶ ブーケを持ちます。
bu.u.ke./o./mo.chi.ma.su.
拿著花束。

▶ ブレークします。
bu.re.e.ku./shi.ma.su.
大受歡迎。

▶ ブランド品が好きです。
bu.ra.n.do.hi.n./ga./su.ki.de.su.
喜歡名牌商品。

▶ ブルーの服を着ます。
bu.ru.u./no./fu.ku./o./ki.ma.su.
穿著藍色衣服。

▶ 今はお笑いブームです。
i.ma./wa./o.wa.ra.i.bu.u.mu./de.su.
現在掀起了搞笑藝人熱潮。

▶ ブラックのほうがいいです。
bu.ra.kku./no./ho.u./ga./i.i./de.su.
黑色的比較好。

輕鬆記

ブラックのブーツ。
bu.ra.kku./no./bu.u.tsu.
黑色的靴子。

track 144

ベ

| 羅馬拼音 | be | 中文注音 | ㄅㄟ |

字源 源自片假名「ヘ」，再加上濁點記號「゛」。

實用單字

| ベッド | 床 |
| be.ddo. | |

| ベル | 鈴 |
| be.ru. | |

| ベージュ | 米色／卡其色 |
| be.e.ju. | |

| ベース | 基底 |
| be.e.su. | |

| ベンチ | 長椅 |
| be.n.chi. | |

| ベビー | 嬰兒 |
| be.bi.i. | |

| ベルト | 皮帶 |
| be.ru.to. | |

應·用·會·話

▶ ベッドで寝ます。
be.ddo./de./ne.ma.su.
在床上睡覺。

▶ ベルが鳴ります。
be.ru./ga./na.ri.ma.su.
鈴正在響。

▶ ベージュが好きです。
be.e.ju./ga./su.ki.de.su.
喜歡米色。

▶ 白をベースにして色を組み合わせます。
shi.ro./o./be.e.su./ni.shi.te./i.ro.o./ku.mi.a.wa.se.ma.su.
以白色為基底來配色。

▶ ベンチに座ります。
be.n.chi./ni./su.wa.ri.ma.su.
在長椅上坐著。

▶ ベビーカーを押します。
be.bi.i.ka.a./o./o.shi.ma.su.
推著嬰兒車。

▶ ベルトをします。
be.ru.to./o./shi.ma.su.
繫皮帶。

ベージュのベルト。
be.e.ju./no./be.ru.to.
米色的皮帶。

track 145

ボ

| 羅馬拼音 | **bo** | 中文注音 | ㄅㄡ |

字源 源自片假名「ホ」，再加上濁點記號「ˮ」。

實·用·單·字

| ボタン | 鈕釦 |
| bo.ta.n. | |

| ボーリング | 保齡球 |
| bo.o.ri.n.gu. | |

| ボール | 球 |
| bo.o.ru. | |

| ボーナス | 獎金 |
| bo.o.na.su. | |

| ボイス | 聲音 |
| bo.i.su. | |

| ボーカル | 主唱 |
| bo.o.ka.ru. | |

| ボート | 船 |
| bo.o.to. | |

應·用·會·話

▶ ボタンをはずします。
bo.ta.n./o./ha.zu.shi.ma.su.
解開釦子。

▶ ボーリングをやります。
bo.o.ri.n.gu./o./ya.ri.ma.su.
玩保齡球。

▶ ボールを投げます。
bo.o.ru./o./na.ge.ma.su.
投球。

▶ ボーナスをもらいます。
bo.o.na.su./o./mo.ra.i.ma.su.
拿到獎金。

▶ ボイスが聞こえます。
bo.i.su./ga./ki.ko.e.ma.su.
聽到聲音。

▶ ボーカルを担当します。
bo.o.ka.ru./o./ta.n.to.u./shi.ma.su.
當主唱。

▶ ボートに乗ります。
bo.o.to./ni./no.ri.ma.su.
搭船。

輕·鬆·記

ボカールの ボール。
bo.ka.a.ru./no./bo.o.ru.
主唱的球。

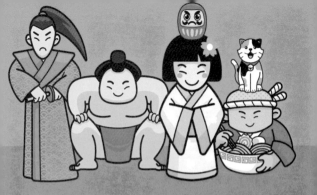

半濁音

 track 146

パ

| 羅馬拼音 | pa | 中文注音 | ㄆㄚ |

字源 源自片假名「ハ」，再加上半濁點記號「ﾟ」。

實·用·單·字

パスポート pa.su.po.o.to.	護照
パチンコ pa.chi.n.ko.	柏青哥
パトカー pa.to.ka.a.	警車
パンフレット pa.n.fu.re.tto.	簡介／場刊
パーティー pa.a.ti.i.	派對／聚會
パソコン pa.so.ko.n.	電腦
パン pa.n.	麵包

應·用·會·話

▶ パスポートを見せてください。
pa.su.po.o.to./o./mi.se.te./ku.da.sa.i.
請出示護照。

▶ パチンコをやります。
pa.chi.n.ko./o./ya.ri.ma.su.
玩柏青哥。

▶ パトカーに乗ります。
pa.to.ka.a./ni./no.ri.ma.su.
坐警車。

▶ パンフレットをもらいます。
pa.n.fu.re.tto./o./mo.ra.i.ma.su.
拿到簡介。

▶ パーティーに行きます。
pa.a.ti.i./ni./i.ki.ma.su.
參加派對。

▶ パソコンを使います。
pa.so.ko.n./o./tsu.ka.i.ma.su.
用電腦。

▶ パンを食べます。
pa.n./o./ta.be.ma.su.
吃麵包。

輕·鬆·記

パーティーのパンフレット。
pa.a.ti.i./no./pa.n.fu.re.tto.
派對的簡介。

track 147

ピ

| 羅馬拼音 | pi | 中文注音 | ㄆㄧ |

字源 源自片假名「ヒ」，再加上半濁點記號「゜」。

實用單字

ピーナッツ pi.i.na.ttsu.	花生
ピアノ pi.a.no.	鋼琴
ピーク pi.i.ku.	高峰
ピザ pi.za.	比薩
ピアス pi.a.su.	耳環
ピーマン pi.i.ma.n.	青椒
ピラフ pi.ra.fu.	炒飯

應用會話

▶ ピーナッツを食べます。
pi.i.na.ttsu./o./ta.be.ma.su.
吃花生。

▶ ピアノを弾きます。
pi.a.no./o./hi.ki.ma.su.
彈鋼琴。

▶ ピークに達します。
pi.i.ku./ni./ta.sshi.ma.su.
到達高峰。

▶ ピザを食べます。
pi.za./o./ta.be.ma.su.
吃比薩。

▶ ピアスをつけます。
pi.a.su./o./tsu.ke.ma.su.
戴耳環。

▶ ピーマンが嫌いです。
pi.i.ma.n./ga./ki.ra.i./de.su.
討厭青椒。

▶ ピラフを作ります。
pi.ra.fu./o./tsu.ku.ri.ma.su.
做炒飯。

 輕鬆記

ピーマンのピラフ。
pi.i.ma.n./pi.ra.fu.
青椒炒飯。

 track 148

プ

| 羅馬拼音 | pu | 中文注音 | ㄆㄨ |

字源 源自片假名「フ」，再加上半濁點記號
「 ゜」。

實·用·單·字

プチ	小的
pu.chi.	
プール	泳池
pu.u.ru.	
プレゼント	禮物
pu.re.ze.n.to.	
プロ	專業／職業的
pu.ro.	
プリン	布丁
pu.ri.n.	
プライド	自尊
pu.ra.i.do.	
プライベート	隱私
pu.ra.i.be.e.to.	

應·用·會·話

► プチ整形します。
　pu.chi./se.i.ke.i./shi.ma.su.
　進行微整型。

► プールで泳ぎます。
　pu.u.ru./de./o.yo.gi.ma.su.
　在泳池游泳。

► プレゼントを贈ります。
　pu.re.ze.n.to./o./o.ku.ri.ma.su.
　送禮物。

▶ さすがプロです。
sa.su.ga./pu.ro./de.su.
果然是專家。

▶ プリンを食べます。
pu.ri.n./o./ta.be.ma.su.
吃布丁。

▶ プライドを傷付けられます。
pu.ra.i.do./o./ki.zu.tsu.ke.ra.re.ma.su.
被傷了自尊。

▶ プライベートを守ります。
pu.ra.i.be.e.to./o./ma.mo.ri.ma.su.
保護隱私。

プロのプライベート。
pu.ro./no./pu.ra.i.be.e.to.
專家的隱私。

track 149

ペ

| 羅馬拼音 | pe | 中文注音 | ㄆㄝ |

字源 源自片假名「ヘ」，再加上半濁點記號「。」。

ペア　　　　　　　　　　成對的
pe.a.

ペダル　　　　　　　　　　脚踏車的踏板
pe.da.ru.

ペット　　　　　　　　　　寵物
pe.tto.

ペンキ　　　　　　　　　　油漆
pe.n.ki.

ペン　　　　　　　　　　　筆
pe.n.

ページ　　　　　　　　　　頁
pe.e.ji.

ペース　　　　　　　　　　速度
pe.e.su.

應·用·會·話

▶ ペアにして売ります。
　pe.a./ni./shi.te./u.ri.ma.su.
　成對販售。

▶ ペアリングを買います。
　pe.a.ri.n.gu./o./ka.i.ma.su.
　買對戒。

▶ ペダルを踏みます。
　pe.da.ru./o./fu.mi.ma.su.
　踩踏板。

▶ ペットを飼います。
　pe.tto./o./ka.i.ma.su.
　養寵物。

▶ ペンキを塗ります。
　pe.n.ki./o./nu.ri.ma.su.
　刷油漆。

▶ ペンで書きます。
pe.n./de./ka.ki.ma.su.
用筆寫。

▶ ページをつけます。
pe.e.ji./o./tsu.ke.ma.su.
標上頁數。

▶ ペースが速いです。
pe.e.su./ga./ha.ya.i./de.su.
速度很快。

track 150

ポ

羅馬拼音	po	中文注音	ㄆ ㄡ

字源 源自片假名「ホ」，再加上半濁點記號「 ﾟ 」。

實・用・單・字

ポスター po.su.ta.a.	海報
ポイント po.i.n.to.	重點／點數
ポスト po.su.to.	郵筒
ポーズ po.o.zu.	姿勢

ポテト po.te.to.	馬鈴薯
ポーク po.o.ku.	豬肉
ポケット po.ke.tto.	口袋

應·用·會·話

▶ ポスターを貼ります。
po.su.ta.a./o./ha.ri.ma.su.
貼海報。

▶ ポイントをゲットします。
po.i.n.to./o./ge.tto./shi.ma.su.
拿到點數。

▶ ポストに入れます。
po.su.to./ni./i.re.ma.su.
投入郵投。

▶ ポーズをつけます。
po.o.zu./o./tsu.ke.ma.su.
擺姿勢。

▶ ポテトを茹でます。
po.te.to./o./yu.de.ma.su.
煮馬鈴薯。

▶ ポークを炒めます。
po.o.ku./o./i.ta.me.ma.su.
炒豬肉。

▶ ポケットに手を入れます。
po.ke.tto./ni./te./o./i.re.ma.su.
放到口袋裡。

PART

8

拗音

 track 151

キャ

| 羅馬拼音 | kya | 中文注音 | ㄎㄧㄚ |

字源 由「キ」作子音，「ヤ」作母音而合成。

實·用·單·字

キャンペーン kya.n.pe.e.n.	活動／宣傳活動
キャスト kya.su.to.	角色
キャッチ kya.cchi.	捉住
キャンセル kya.n.se.ru.	取消
キャップ kya.ppu.	蓋子
キャンデー kya.n.de.e.	糖果
キャベツ kya.be.tsu.	高麗菜

應·用·會·話

▶ キャンペーン中。
kya.n.pe.e.n.chu.u.
正在進行活動。

▶ 豪華なキャストです。
go.u.ka.na./kya.su.to./de.su.
華麗的演員名單。

▶ キャッチします。
kya.cchi./shi.ma.su.
捉住。

▶ キャンセルできません。
kya.n.se.ru./de.ki.ma.se.n.
不能取消。

▶ キャップをかぶります。
kya.ppu./o./ka.bu.ri.ma.su.
蓋上蓋子。

▶ キャンデーを舐めます。
kya.n.de.e./o./na.me.ma.su.
舔糖果。

▶ キャベツが嫌いです。
kya.be.tsu./ga./ki.ra.i.de.su.
討厭高麗菜。

輕·鬆·記

キャベツのキャンデー。
kya.be.tsu./no./kya.n.de.e.
高麗菜口味的糖果。

track 152

キュ

| 羅馬拼音 | kyu | 中文注音 | ㄎ一ㄩ |

字源 由「キ」作子音，「ユ」作母音而合成。

實用單字

キュート　　　　　可愛
kyu.u.to.

應用會話

▶ キュートな女の子です。
kyu.u.to./na./o.n.na.no.ko./de.su.
可愛的女孩。

キョ

| 羅馬拼音 | kyo | 中文注音 | ㄎ一ㄡ |

字源 由「キ」作子音，「ョ」作母音而合成。

シャ

| 羅馬拼音 | **sha** | 中文注音 | ㄒㄧㄚ |

字源 由「シ」作子音，「ヤ」作母音而合成。

實·用·單·字

シャワー　　　　　　　　淋浴
sha.wa.a.

シャンプー　　　　　　　洗髮精
sha.n.pu.u.

シャープペンシル／シャーペン　　　自動鉛筆
sha.a.pu.pe.n.shi.ru./sha.a.pe.n.

應·用·會·話

▶ シャワーを浴びます。
sha.wa.a./o./a.bi.ma.su.
淋浴。

▶ シャンプーを買います。
sha.n.pu.u./o./ka.i.ma.su.
買洗髮精。

▶ シャーペンで書きます。
sha.a.pe.n./de./ka.ki.ma.su.
用自動鉛筆寫。

 track 153

シュ

| 羅馬拼音 | **shu** | 中文注音 | ㄒㄧㄩ |

字源 由「シ」作子音，「ユ」作母音而合成。

實用單字

シューズ shu.u.zu.	鞋子
シュート shu.u.to.	射門／投籃
シュークリーム shu.u.ku.ri.i.mu.	泡芙

應用會話

▶ シューズを履きます。
shu.u.zu./o./ha.ki.ma.su.
穿鞋。

▶ シュートが決まります。
shu.u.to./ga./ki.ma.ri.ma.su.
決定性的射門。

▶ シュークリームを食べます。
shu.u.ku.ri.i.mu./o./ta.be.ma.su.
吃泡芙。

track 153

ショ

| 羅馬拼音 | sho | 中文注音 | ㄒㄧㄡ |

字源 由「シ」作子音,「ョ」作母音而合成。

實用單字

ショートケーキ sho.o.to.ke.e.ki.	草莓蛋糕
ショー sho.o.	秀
ショート sho.o.to.	短的

應用會話

▶ ショートケーキを食べます。
sho.o.to.ke.e.ki./o./ta.be.ma.su.
吃草莓蛋糕。

▶ ショーを見ます。
sho.o./o./mi.ma.su.
看秀。

▶ ショートカットします。
sho.o.to.ka.tto./shi.ma.su.
剪短髮。

track 154

チャ

| 羅馬拼音 | cha | 中文注音 | ㄑㄧㄚ |

字源 由「チ」作子音，「ヤ」作母音而合成。

實用單字

| チャーハン | 炒飯 |
| cha.a.ha.n. | |

| チャット | 聊天 |
| cha.tto. | |

| チャンス | 機會 |
| cha.n.su. | |

應用會話

▶ チャーハンを注文します。
cha.a.ha.n./o./chu.u.mo.n./shi.ma.su.
點炒飯。

▶ ネットチャットが好きです。
ne.tto.cha.tto./ga./su.ki.de.su.
喜歡網路聊天。

▶ チャンスがあります。
cha.n.su./ga./a.ri.ma.su.
有機會。

▶ チャレンジしてみます。
cha.re.n.ji./shi.te.mi.ma.su.
挑戰看看。

チュ

| 羅馬拼音 | chu | 中文注音 | ㄑㄧㄩ |

字源 由「チ」作子音，「ユ」作母音而合成。

實用單字

チュー chu.u.	親嘴
チューリップ chu.u.ri.ppu.	鬱金香
チューインガム chu.u.i.n.ga.mu.	口香糖

應用會話

▶ チューします。
chu.u.shi.ma.su.
親吻。

▶ チューリップが咲きます。
chu.u.ri.ppu./ga./sa.ki.ma.su.
鬱金香開花。

▶ チューインガムを噛みます。
chu.u.i.n.ga.mu./o./ka.mi.ma.su.
嚼口香糖。

track 155

チョ

羅馬拼音	cho	中文注音	ㄑ一ㄡ

字源 由「チ」作子音，「ョ」作母音而合成。

實用單字

チョイス cho.i.su.	選擇
チョコレート cho.ko.re.e.to.	巧克力
チョーク cho.o.ku.	粉筆

應用會話

▶ いろいろなチョイスがあります。
i.ro.i.ro.na./cho.i.su./ga./a.ri.ma.su.
有各種選擇。

▶ チョコレートをもらいます。
cho.ko.re.e.to./o./mo.ra.i.ma.su.
收到巧克力。

▶ チョークで書きます。
cho.o.ku./de./ka.ki.ma.su.
用粉筆寫。

ニャ

羅馬拼音	nya	中文注音	ㄋㄧㄚ

字源 由「ニ」作子音,「ヤ」作母音而合成。

ニュ

羅馬拼音	nyu	中文注音	ㄋㄧㄩ

字源 由「ニ」作子音,「ユ」作母音而合成。

ニョ

羅馬拼音	nyo	中文注音	ㄋㄧㄡ

字源 由「ニ」作子音,「ヨ」作母音而合成。

track 156

ヒャ

羅馬拼音	hya	中文注音	ㄏㄧㄚ

字源 由「ヒ」作子音,「ヤ」作母音而合成。

ヒュ

羅馬拼音	hyu	中文注音	ㄏ一ㄩ

字源 由「ヒ」作子音，「ユ」作母音而合成。

ヒョ

羅馬拼音	hyo	中文注音	ㄏ一ㄡ

字源 由「ヒ」作子音，「ョ」作母音而合成。

ミャ

羅馬拼音	mya	中文注音	ㄇ一ㄚ

字源 由「ミ」作子音，「ャ」作母音而合成。

ミュ

羅馬拼音	myu	中文注音	ㄇ一ㄩ

字源 由「ミ」作子音，「ユ」作母音而合成。

ミョ

| 羅馬拼音 | myo | 中文注音 | ㄇㄧㄡ |

字源 由「ミ」作子音，「ヨ」作母音而合成。

track 157

リャ

| 羅馬拼音 | rya | 中文注音 | ㄌㄧㄚ |

字源 由「リ」作子音，「ャ」作母音而合成。

リュ

| 羅馬拼音 | ryu | 中文注音 | ㄌㄧㄩ |

字源 由「リ」作子音，「ュ」作母音而合成。

リョ

| 羅馬拼音 | ryo | 中文注音 | ㄌㄧㄡ |

字源 由「リ」作子音，「ョ」作母音而合成。

ギャ

羅馬拼音	gya	中文注音	ㄍㄧㄚ

字源 由「ギ」作子音，「ャ」作母音而合成。

ギュ

羅馬拼音	gyu	中文注音	ㄍㄧㄩ

字源 由「ギ」作子音，「ュ」作母音而合成。

ギョ

羅馬拼音	gyo	中文注音	ㄍㄧㄡ

字源 由「ギ」作子音，「ョ」作母音而合成。

 track 158

ジャ

羅馬拼音	ja	中文注音	ㄐㄧㄚ

字源 由「ジ」作子音，「ャ」作母音而合成。

實·用·單·字

ジャケット ja.ke.tto.	夾克
ジャーナリスト ja.a.na.ri.su.to.	記者
ジャンプ ja.n.pu.	跳
ジャズ ja.zu.	爵士
ジャム ja.mu.	果醬
ジャンル ja.n.ru.	種類
ジャスミン ja.su.mi.n.	茉莉花

應·用·會·話

▶ ジャケットを着ます。
ja.ke.tto./o./ki.ma.su.
穿夾克。

▶ ジャーナリストになりたいです。
ja.a.na.ri.su.to./ni./na.ri.ta.i./de.su.
想當記者。

▶ ジャンプします。
ja.n.pu./shi.ma.su.
跳。

▶ ジャズが好きです。
ja.zu./ga./su.ki.de.su.
喜歡爵士。

▶ ジャムを作ります。
ja.mu.o./tsu.ku.ri.ma.su.
做果醬。

▶ どんなジャンルの音楽が好きですか？
do.n.na./ja.n.ru./no./o.n.ga.ku./ga./su.ki./de.su.ka.
喜歡哪個種類的音樂？

▶ ジャスミンティーが好きです。
ja.su.mi.n.ti.i./ga./su.ki.de.su.
喜歡茉莉花茶。

輕鬆記

ジャスミンのジャム。
ja.su.mi.n./no./ja.mu.
茉莉花的果醬。

 track 159

ジュ

| 羅馬拼音 | ju | 中文注音 | ㄐㄧㄩ |

字源 由「ジ」作子音，「ユ」作母音而合成。

實·用·單字

| ジュース
ju.u.su. | 果汁 |
| ジュニア
ju.ni.a. | 少年 |

ジュエリー　　　　　珠寶
ju.e.ri.i.

應·用·會·話

▶ ジュースを飲みます。
ju.u.su./o./no.mi.ma.su.
喝果汁。

▶ ジュニアの野球大会です。
ju.ni.a./no./ya.kyu.u.ta.i.ka.i./de.su.
少年野球大會。

▶ ジュエリーを買います。
ju.e.ri.i./o./ka.i.ma.su.
買珠寶。

ジョ

羅馬拼音	jo	中文注音	ㄐㄧㄡ

字源 由「ジ」作子音，「ョ」作母音而合成。

ヂャ

羅馬拼音	ja	中文注音	ㄐㄧㄚ

字源 由「ヂ」作子音，「ャ」作母音而合成。

ヂュ

| 羅馬拼音 | ju | 中文注音 | ㄐーㄩ |

字源 由「ヂ」作子音，「ユ」作母音而合成。

track 160

ヂョ

| 羅馬拼音 | jo | 中文注音 | ㄐーㄡ |

字源 由「ヂ」作子音，「ョ」作母音而合成。

ビャ

| 羅馬拼音 | bya | 中文注音 | ㄅーㄚ |

字源 由「ビ」作子音，「ャ」作母音而合成。

ビュ

| 羅馬拼音 | byu | 中文注音 | ㄅーㄩ |

字源 由「ビ」作子音，「ュ」作母音而合成。

ビョ

羅馬拼音	byo	中文注音	ㄅ一ㄡ

字源 由「ビ」作子音，「ョ」作母音而合成。

ピャ

羅馬拼音	pya	中文注音	ㄆ一ㄚ

字源 由「ピ」作子音，「ァ」作母音而合成。

ピュ

羅馬拼音	pyu	中文注音	ㄆ一ㄩ

字源 由「ピ」作子音，「ュ」作母音而合成。

ピョ

羅馬拼音	pyo	中文注音	ㄆ一ㄡ

字源 由「ピ」作子音，「ョ」作母音而合成。

促音、長音篇

つ ッ

說明 說「つ」的小寫是表示促音，這個字只會出現在單字中間。促音不發音，而是發完促音前一個音後，稍有停頓，並加重促音後的一個音。

一

說明 在片假名中，長音的標示記號為「一」。而在平假名中，則是會在單字中加上あ、い、う、え、お、う等字來讓前一個音多拉長一拍。